LE FANATISME,

EXTRAIT DES MÉMOIRES

D'UN LIGUEUR,

Publié par Achille Roche.

il est inutile de songer à rendre les hommes
meilleurs tant que leurs préjugés les plus
forts tendront à les pervertir. Les préceptes
de la morale sont une barrière trop faible
contre les passions, les intérêts, les
séductions multipliées qui les sollicitent
au mal.

DUMARSAIS, *Ess. sur les préjugés*, p. 171.

Tome Premier.

PARIS,

CHEZ L'ÉDIT... R, rue de la Monnaie, N° 11;
LECOINTE et DUREY, quai des Augustins;
CORBET aîné, même quai;
PIGOREAU, place Saint-Germain-l'Auxerrois.

*

1828.

LE FANATISME.

IMPRIMERIE DE CHAIGNIEAU FILS AÎNÉ,
Rue de la Monnaie, n. 11, à Paris.

T. 1.

Elle chancelle, son voile s'écarte!.. le fanatique étonné croit voir le chef-d'œuvre de la création.

LE FANATISME,

EXTRAIT DES MÉMOIRES

D'UN LIGUEUR,

Publié par Achille Roche.

~~~~~~~~~~~~~~~~~~~~~~~~~~~~~~~~~~~~~

Il est inutile de songer à rendre les hommes
meilleurs tant que leurs préjugés les plus
forts tendront à les pervertir. Les préceptes
de la morale sont une barrière trop faible
contre les passions, les intérêts, les
séductions multipliées qui les sollicitent
au mal.

DUMARSAIS, *Ess. sur les préjugés,* p. 171.

~~~~~~~~~~~~~~~~~~~~~~~~~~~~~~~~~~~~~

Tome Premier.

PARIS,

CHEZ L'ÉDITEUR, rue de la Monnaie, Nº 11;

ET LES MARCHANDS DE NOUVEAUTÉS.

*

1828.

INTRODUCTION.

Dans votre activité créatrice, aimez la règle et les limites, et soumettez à l'épreuve de la raison les fantômes qu'une vague imagination vous présente.

GOETHE.

LES 30 dernières années qui viennent de s'écouler ont changé la face de la France physique aussi bien que les mœurs et les idées des Français. Il existe bien encore chez nous quelques châteaux gothiques, flanqués de tourelles et garnis de crénaux;

I.   *a*

mais il en est bien peu que les Châtelains habitent et auxquels ils conservent une orgueilleuse vénération, comme à l'illustre habitation d'une longue suite d'ancêtres.

L'automne dernier, je fus invité à passer le temps des vacances, à l'ancienne abbaye de Saint-Rambert, vénérable monument respecté par le temps pendant une longue suite de siècles, devenu aujourd'hui la propriété d'un honnête cultivateur, dont le fils a été mon compagnon d'études. Je me faisais une véritable fête de parcourir cet antique asile du silence et des austérités ascétiques, mais combien le riant et modeste spectacle que cette abbaye présentait a désappointé mes dispositions romantiques !

Je comptais passer une partie de mes journées dans la bibliothèque des moines ; là, me disais-je, je chercherai à deviner les impressions qui agitaient les pieux reclus, tandis qu'ils faisaient retentir ces vastes voûtes en ogives du bruit de leurs pas. J'ai bien retrouvé l'immense salle, les piliers massifs, élégamment décorés de légers faisceaux de colonnes, et les ogives, et les arêtes découpées ; mais plus de silence, plus de possibilité de recueillement, plus de cloître romantique : la bibliothèque du monastère est devenue la buanderie du bon M**, le père de mon ami. Au réfectoire, même désappointement. Bien des vitraux de couleurs ont été remplacés par des glaces peut-être plus élégantes, mais à coup sûr entièrement dépouillées de leur mélancolique éclat. C'est là que le bon père de famille, enrichi par cette révolution qu'on prétend avoir ruiné tant de monde, prend ses repas avec toute sa famille, c'est-à-dire avec tout le village ; et les cris de vingt manans, les éclats d'une gaieté aussi grossière que franche, ont remplacé les actions de grâces solennelles appelées par quelques moines sur une nourriture qu'ils n'avaient pas eu la peine de gagner.

Je l'avouerai, quoique je nes ois rien moins que partisan de l'esprit monacal, je maudis alors pour un instant, de bón cœur, la révolution qui avait ainsi désenchanté les lieux auxquels s'attachaient d'antiques souvenirs, et je désirai, pour un instant seulement, il est vrai, de voir surgir du fond des sombres corridors de Saint-Rambert quelques moines au pas lent et grave, qui pussent me reporter en esprit aux vieilles traditions de ce respectable monument.

Le père **, le maître du logis, remarqua le dépit, un peu puéril j'en conviens, que me faisait éprouver la perte des gothiques richesses du monastère.

« Si vous tenez tant au souvenir des bons pères que nous avons remplacés, peut-être pour le bien temporel du canton, si c'est pour son malheur spirituel, j'ai encore ici de quoi vous satisfaire. J'ai, il est vrai débarrassé la grande salle de tous les bouquins qui l'encombraient, mais j'ai en même temps conservé ces précieuses reliques. Je sais qu'il y a des personnes qui tiennent à ces sortes de chiffons. Pour moi, j'ai mieux aimé me composer une bibliothèque plus appropriée à mon usage. Le *Voltaire Touquet* et la collection des *Résumés* en composent la meilleure partie. J'espère y ajouter bientôt la *Bibliothèque du 19e siècle*,

mais je n'aime pas les vieux manus-
crits enfumés, qui traitent de la
grâce efficace, ou de quelques autres disputes de religieuse. »

Je saisis avec avidité la ressource
que M** me promettait contre l'ennui qui commençait à me gagner
sous les voûtes spacieuses de Saint-
Rambert, et je descendis en toute
hâte dans une salle basse, espèce
de cellier où le bon fermier avait
entassé toutes les richesses littéraires du couvent. Il faut avouer
que la plupart des liasses de papier
et de parchemin à moitié rongés
par les vers, que j'y trouvai, ne
valaient guère l'honneur de l'exhu-
mation : les uns racontaient grave-

ment les querelles survenues à Saint-Rambert pour l'élection d'un abbé après la mort du révérend prieur Boniface ; d'autres dissertaient sur la transsubstantiation ou sur la divinité de Jésus. Le plus grand nombre enfin 'ne traitait que des procès soutenus par les moines depuis l'établissement du couvent.

Mais au milieu de cet ennuyeux fatras, je trouvai plusieurs mémoires qui n'étaient pas sans intérêt, sur les troubles de la ligue et les guerres de la fronde, auxquelles les moines de Saint-Rambert n'étaient pas restés étrangers. Il y avait, entre autres écrits curieux, un manuscrit, en forme de tablettes, qui m'a paru écrit par un puissant abbé, grand soutien de la sainte ligue. Il y avouait naïvement la participation qu'il avait prise aux crimes de cette époque, toujours qualifiés dans ses mémoires, et, je le pense, avec une véritable conviction, d'actions saintes et de rigueurs salutaires ; j'en ai extrait l'histoire que j'offre aujourd'hui au public, et qui peut-être n'est pas dépourvue d'un certain intérêt. J'ai d'abord eu soin d'en retrancher toutes les discussions théologiques qui ne peuvent plus piquer la curiosité des lecteurs de nos jours, et du reste mon travail s'est borné à élaguer

et coordonner les faits que j'ai pui-
sés dans cette féconde source.

J'avouerai pourtant, quoique cet
aveu puisse faire fermer le livre à
plus d'un lecteur, que cet écrit,
malgré mes arrangemens et mes re-
tranchemens, ne saurait être regardé comme appartenant au genre
classique. Je n'oserais pas non plus
le ranger sous la bannière romantique. La simple nature l'a dicté, et
je n'ai pas cru devoir retrancher un
seul mot de ce qui m'a paru la peindre.

Cet aveu pénible me force à défendre, sinon l'ouvrage dont je
ne suis que *l'arrangeur*, au moins
le genre auquel il semble appar-

tenir. Non que je veuille clouer, à
la tête d'une œuvre aussi futile,
une grave dissertation sur la question du *romantisme*, question devenue depuis peu politique, philo-
sophique, morale et littéraire,
mes prétentions ne se portent pas
si haut ; je veux seulement exami-
ner en quelques mots, s'il est nécessaire, avant d'écrire, de reconnaître des dogmes littéraires, fixes
et positifs, ou si l'on peut sans in-
convénient se livrer à ses impressions individuelles en tout ce qui
ne blesse pas le bon sens et les
bienséances sociales.

Il est sans doute nécessaire pour
arriver à la solution de ce problême,

de demander d'abord quel est le but de la littérature; quelle est son essence? à quoi elle est destinée. Chacune de ces questions pourrait peut-être bien sous une docte plume devenir la matière d'un traité particulier. Nous essaierons d'y répondre en peu de mots.

Beaucoup de personnes regardent les ouvrages d'esprit comme des délassemens frivoles. Suivant leur système, l'écrivain serait le dernier des ouvriers travaillant à l'amusement des oisifs de nos sociétés civilisées. Mais depuis plus d'un siècle, la partie la plus éclairée de la nation y voit autre chose. Il faut, pour que l'homme de lettres obtienne l'estimé de nos contemporains, qu'il instruise d'abord, et non pas qu'il amuse. Assembler dans un vers des mots harmonieux, mais vides d'idées, semer de figures hardies, d'expressions heureuses, un fond oiseux, ne suffit plus pour figurer parmi les gens de talent : il faut encore trouver des idées nouvelles, et surtout utiles, ou du moins présenter d'une manière neuve, de vieilles vérités, rechercher la nature de l'homme, ou ses devoirs, ou surtout ses droits ; lui apprendre à vaincre ses passions, oumême les flatter au nom de quelque noble intérêt : tel est aujourd'hui le but de la littérature, et la carrière

que ses adeptes doivent parcourir.
Dans le siècle passé a commencé ce besoin d'écrire pour autre chose que pour écrire ; on a
cessé de rechercher le titre de grand
poète, pour courir après celui de
sage ou de législateur, et la couronne civique a été plus enviée que
le laurier d'Apollon. Etait-ce parce
que l'esprit humain avait fait de
grands progrès ? était-ce parce que
la littérature était dégénérée ? Nous
n'oserions le dire, mais, quoi qu'il
en soit, il est constant pour nous que
ce changement s'était opéré dans
l'esprit de la nation, avant de se
faire remarquer dans les lettres, et
d'après ce fait seul nous serions déjà

autorisés à conclure que la littérature
est toujours et par conséquent doit
être l'expression des opinions, des
besoins et des intérêts de la société,
quand même ce ne serait pas aujourd'hui une vérité reconnue, que
l'histoire de la littérature chez tous
les peuples rend chaque jour plus
évidente.

Si la littérature est l'expression
de la société, comment veut-on, lorsque la société est soumise à des mu-
tations continuelles, lorsqu'en elle
il n'y a rien de fixe, rien de stationnaire, que la littérature seule,
fondée sur des principes immua-
bles, la représente sans subir avec
elle ces continuels changemens ?

Chez les anciens, moins instruits que nous dans les sciences physiques, les ingénieuses explications mythologiques de tous les phénomènes naturels n'étaient autre chose que de charmans rêves de l'imagination : c'étaient la religion, l'histoire naturelle, et la philosophie tout entière. Mais aujourd'hui que le monde physique est connu, et que comme dans les temps antiques, la partie la plus intime de nous-mêmes demande à s'élancer vers une autre sphère, pouvons-nous demander aux traditions mythologiques de nous y conduire ? Il nous faut bien, en dépit de nous-mêmes, chercher un autre ordre d'idées.

Une religion toute spirituelle, ou une philosophie, épurée ne doivent-elles pas s'introduire où régnaient autrefois, sans contestation, des dieux matériels soumis à toutes les passions et même à toutes les misères de l'humanité? Tous les sentimens ne doivent-ils pas s'élever au niveau des créations religieuses? L'amour ne doit-il pas se purifier par l'introduction des sentimens désintéressés dans notre nature? L'amour de la liberté ne doit-il pas devenir autre chose que l'obstination à défendre des priviléges particuliers décorés du titre de droits? Tel est, il nous semble, le besoin général qui a donné naissance à

ce qu'on appelle le genre romantique.

. Mais on n'entend pas ainsi généralement le genre romantique :
on ne le réduit pas à des termes
simples qui pourraient seuls, selon
nous, le définir : l'indroduction
dans la littérature du sentiment
religieux et des autres émotions
intimes de l'homme. La plupart de
nos compatriotes entendent seulement par ce mot tout ce qui s'é-
carte des modèles de l'antiquité et
des impressions ordinaires de la vie.
Aussi les mythologies, autres que la
mythologie grecque, et les sentimens vagues dont aiment à se nour-

rir les âmes mélancoliques, sont-
elles également placées dans cette
catégorie.

Ossian est romantique parce que
sa mythologie nous est peu connue, et Homère est classique, parce
que nous sommes dès le berceau
familiarisés avec chacune de ses
fictions, parce que le nom de chacun de ses dieux et de ses héros
nous ont été répétés depuis notre
enfance; enfin, parce qu'il n'y a
pas un village, que dis-je? pas une
pierre dans toute la Grèce qui ne
soit l'objet de nos premières études
et de nos plus anciens sujets de méditations.

Aussi Jupiter peut-il faire trem-

bler l'Olympe par un mouvement
de ses sourcils sans qu'on se récrie
sur la bizarrerie de cette *figure* gigantesque , Neptune peut-il , sans
romantisme , découvrir jusqu'aux
gouffres infernaux, d'un coup de son
trident, et Ulysse, errant d'îles en
îles au travers d'une mer dont la
boussole a fait pour nous un étroit
ruisseau, rencontrer des écueils ima-
ginés par le poète , ou des monstres
enfans de son imagination. Ces
monstres, ces écueils consacrés par
vingt siècles, ont, pour ainsi dire,
acquis droit de bourgeoisie dans notre littérature; les sirènes, les cy-
clopes, les satyres, les harpies sont
des types de merveilleux, dont

l'habitude ôte tout le ridicule, sans détruire ce qu'ils ont d'ingénieux ; mais les dieux de Fingal et d'Oscar, leurs sylphes, leurs génies, n'ont pas le même bonheur ; rien aux yeux des admirateurs exclusifs de l'antiquité ne peut excuser l'invention d'un *surnaturel* auquel ils ne sont pas familiarisés, et ils ne voudront jamais porter aux descriptions de Morven, des sommets glacés du Ben-Lomond et de l'antique Calédonie, une admiration qu'ils ont déjà épuisée pour les bords du Céphise et du Simoïs, et pour la féconde Arcadie. Ils ne conçoivent pas une peinture vraie de la nature avec des traits et des nuances inconnues à leurs yeux, et se récrient contre des tableaux qu'ils ont trop de préventions pour bien juger : il me semble voir un Européen qui, connaissant seulement les plantes de sa patrie, trouverait ridicule une peinture où seraient représentés avec fidélité l'élégant palmier, la bananne aux larges feuilles, et toutes les richesses agricoles de l'Asie.

Ainsi, dans les objets où l'on veut bien abandonner les fictions héroïques, nos plus anciens littérateurs se sont attachés à peindre l'extérieur de l'homme social, sans rechercher ses passions et ses besoins nouveaux. La préoccupation où nous avons toujours été des règles et des ouvrages antiques, ayant porté les Français à regarder ce genre de littérature comme inférieur, on n'a le plus souvent en s'y exerçant, voulu qu'amuser, à peu de frais, les classes oisives de la société aux dépens des ridicules populaires; et cette manie d'admiration antique, en faisant rejeter de nos compositions du premier ordre les sujets de chevalerie et les temps héroïques du christianisme, a, pour ainsi dire, livré les modernes aux caricatures des comiques, sans permettre d'en faire jamais le sujet de profondes et pathétiques investigations; aussi ne reproche-t-on pas l'oubli des règles aux romans qui peignent les rapports des individus en société , qui prémunissent contre les fripons, bafouent les dupes, et font généralement, en même temps, la guerre à toutes les sources des nobles sentimens, considérant presque toujours comme duperie tout enthousiasme, toute exaltation, tout ce qui sort enfin du froid calcul qu'on appelle *raison*.

Aussi tout ouvrage qui sort de ces rapports, tout ouvrage qui joint à la peinture des mœurs modernes , au souvenir des traditions sur lesquelles se fondent le passé des nations européennes et leur existence comme peuples, des sentimens nobles, des passions exaltées ; et un sentiment vrai des beautés de la nature et des bienfaits du Créateur, rentre-t-il dans le cadre de ce qu'on appelle *romantique*.

A plus forte raison, la peinture de la partie la plus intime de l'homme, le sentiment proprement dit, soit que, entraîné vers les objets sacrés, tour à tour simple quoique exalté, porté aux douces émotions, il produise le saint enthousiasme de la religion, ou que, joint aux passions haineuses et fortes, animé du désir d'imposer sa croyance à ses semblables, et de venger le Seigneur, il produise le fanatisme et l'intolérance; soit que, fixé sur un sujet terrestre, joint à la plus douce, comme à la plus forte des passions naturelles, il crée l'exaltation de l'amour, soit enfin qu'il fasse connaître aux hommes un genre quelconque d'enthousiasme, qu'il commande le sacrifice ou le besoin d'égalité, de liberté, de justice, la peinture de ce sentiment, quel qu'il soit, est-elle toujours qualifiée de romantisme. Pour bien peindre le cœur humain animé de ces sentimens profonds et intimes, il faut analyser autre chose que des résultats extérieurs, il faut descendre dans les profondeurs de ses replis. La route, il est vrai, n'est pas tracée, et l'on risque de s'égarer en s'y précipitant; mais ne vaut-il pas mieux se lancer dans les pays inconnus, au risque de se briser sur les roches, ou de se perdre dans les abîmes, avec la brillante espérance de découvrir de nouvelles régions, que de suivre d'un pas lent les routes battues, avec l'assurance de ne jamais rien découvrir de beau ni d'utile, si l'on ne peut pas craindre non plus les écueils que le génie ordonne de braver?

Nous sommes dans une époque de transition; c'est, il nous semble, en littérature le seul point qu'il soit utile de reconnaître. Que chacun cherche suivant ses forces à s'ouvrir la nouvelle route que nous sentons devoir exister; mais qu'au-

cun n'a encore découverte. Beaucoup se perdront sans doute ; mais
celui qui arrivera au but aura servi
noblement la cause de la littérature,
cause sacrée pour tous les écri-
vains que ne dirige pas un indigne salaire ! Voilà sans doute une
raison assez forte pour combattre
les soutiens des systèmes ultra-
classiques, quoiqu'elle ne soit rien
moins que concluante en faveur de
leurs adversaires.

Il ne faut pas néanmoins adresser aux champions des vieilles doc-
trines de trop sévères reproches ; ils
descendent la plupart dans l'arène
de la polémique, guidés par le bon
goût, et par une connaissance ap-

profondie du génie français ; peut-
être même ils dirigent moins leurs
attaques contre les innovations géné-
reuses, que contre leurs misérables
soutiens ; et les odes romantiques
d'un poète contemporain, les romans d'un vicomte célèbre, tant
d'autres prétentieuses inepties de-
viennent un prisme dégoûtant, au
travers duquel ils envisagent tout
ce qu'on pare du nom de nouveautés romantiques ; alors, il faut l'a-
vouer, ils auraient trop de raison
de s'effrayer des envahissemens de
la Muse moderne.

Mais ces réflexions nous ont me-
né loin du faible ouvrage auquel
elles servent de préface. Il ne mé-

ritait pas sans doute une si longue dissertation ; il n'est pas soumis aux règles du genre classique, mais il ne mérite pas non plus l'honneur d'être rangé sous la bannière opposée. Néanmoins, en rejetant les règles sévères des partisans de l'ancien genre, nous avons cherché à nous rappeler la maxime qui sert d'épigraphe à cette introduction, maxime sûre et presque aristotélique, quoiqu'elle appartienne au chef de l'école romantique chez nos voisins. Dans votre activité créatrice, aimez la *règle* et les *limites*, et soumettez à l'épreuve de la raison les fantômes qu'une vague imagination vous présente.

LE FANATISME,

EXTRAIT DES MÉMOIRES

D'UN LIGUEUR.

~~~~~~

CHAPITRE PREMIER.

LE MOINE.

————

> L'attente du mal est plus insupportable
> que le mal même... Un murmure con-
> fus traverse le camp et la ville éplorée.
> LE TASSE, *Jér. dél.*, *chap.* Ier.

« DIEU de Judith, Dieu d'Aod, Dieu
terrible, soutiens mon courage; donne-
moi la force de prier pour l'accomplis-
sement du grand sacrifice qu'on prépare! abaisse, par le secours de ta grâce,
l'orgueil de ma raison humaine. Oui,
l'intention sanctifie tout; un attentat
cruel aux yeux des hommes devient

vertueux lorsqu'il sert ta cause sainte
et l'intérêt de ton divin nom. Je le sais,
et mon cœur répugne encore à voir
répandré le sang du blasphémateur hérétique! Dieu puissant, Dieu redoutable, je t'offre mes doutes; efface-les de
mon âme : purifie-moi par l'entremise
auguste de ton esprit sacré. »

Un jeune moine, prosterné sur les
marches de la chapelle de Sainte-
Croix, élevait ainsi ses prières vers l'E-
ternel. Il était nuit. La lumière d'une
lampe vacillante, attachée à la sombre
voûte du lieu saint, éclairait seule le
cénobite. Le silence régnait sur le monastère. A peine entendait-on de temps
en temps les pas de quelques chevaux
qui se rendaient dans la capitale.

Le solitaire paraissait agité par de
vives émotions. Tantôt son œil bril-

lait d'un enthousiasme sauvage, et il entonnait avec exaltation un hymne de réjouissance; tantôt, absorbé dans une triste contemplation, il tournait vers la terre son regard morne et abattu. Il soupirait, frappait sa poitrine avec un air de repentir et de désespoir, et retombait dans sa vague et mélancolique rêverie.

Le tintement de la cloche du monastère annonça la première heure du jour.

« Le moment fatal approche, s'écria le jeune homme; ô Dieu, éloigne de moi ces images, ou donne-moi la force de les supporter! Pourquoi, seul, entre tous mes compagnons, ai-je été appelé à participer à ce qu'on prépare? O Tout-Puissant! je t'ai béni de m'avoir choisi pour servir ta gloire; aujourd'hui, je n'ose plus supporter le poids de la noble tâche que tu m'as donnée.... Je tremble, je frémis..... Ai-je commis un crime? ai-je fait une sainte action?.... Pardonne, pardonne ce doute, ô Seigneur! c'est le dernier cri de l'humanité; désormais je suis tout entier à toi!... Mais, qu'entends-je? ô Ciel!... c'est l'horrible signal.... Que veut-on faire?.... »

Un effrayant tumulte avait en effet succédé au silence de la nuit. Toutes les cloches de Paris avaient répondu au signal donné du haut de la Tour de l'Horloge. De grands cris, partis en même temps des divers quartiers, avaient annoncé l'approche de quelque événement extraordinaire, de quelque désordre imprévu. Les pas des chevaux, les imprécations des gens de guerre, des cris de terreur se mêlaient au bruit des cloches et des armes meurtrières ; on eût dit que la ville, surprise par l'ennemi, s'apprêtait à repousser un assaut, ou que déjà un vainqueur était sur le point de lui faire subir les horreurs du meurtre et du pillage.

Le moine s'était levé au premier son de la cloche nocturne. Il écoutait avec attention. La progression du tumulte frappa ses oreilles ; un mouvement d'horreur glaça son âme. Il frémit. Mais, reprenant bientôt son exaltation première :

« Dieu le veut ! s'écria-t-il, c'est à nous d'obéir !.... »

Balbutiant alors quelques mots de remercîmens et de prière au symbole divin qui décorait l'autel, il s'empara d'une lampe qui brûlait non loin de lui, et quitta précipitamment l'église.

En arrivant sous le porche extérieur qui donnait sur le *pré aux clercs*, il dirigea ses regards vers la ville, et s'arrèta quelque temps à considérer le magnifique et douloureux spectacle qu'elle présentait. Des feux allumés çà et là, comme autant de signaux de mort, servaient de points de réunion aux gens de guerre. On voyait en mille endroits des torches étincelantes, semblables à des étoiles errantes courant au milieu de l'obscurité. Le son de cent tocsins ajoutait à l'horreur du tableau, auquel il donnait je ne sais quelle lugubre solennité; les vociférations qui redoublaient à chaque instant, en s'élevant de la ville, semblaient le bruit lointain des vagues de l'Océan agité par l'orage. Quelques cavaliers s'avancèrent non loin du mo-

nastère; le moine entendit distincte-
ment leurs pas et leurs cris de vengeance et de mort; il vit briller dans
leurs mains les nocturnes fanaux et
les armes sanglantes. . . .

«Achevez votre ouvrage,» s'écria-t-il
avec un ton de fureur fanatique que
tempérait une vague douleur; et, quittant à la hâte le porche solitaire, il ouvrit une porte dérobée, et, par un escalier tortueux et sombre, il s'éleva
jusqu'au pallier où pendait la corde du
tocsin de l'abbaye.

« Signal accoutumé de nos fêtes
pieuses, dit-il avec un ton lugubre et
entrecoupé par une sorte de terreur,
tu vas devenir dans mes mains un instrument de mort, de vengeance et de
larmes; ces mains, consacrées au repos, vont appeler le trépas sur la tête

de mes semblables.... Pourrai-je jamais.... Dieu le veut !.... » ajouta-t-il
d'un ton inspiré; et, saisissant avec violence la corde de la cloche fatale, il la
fit vibrer dans les airs. Les échos répétèrent au loin son tintement aigu. Tous
les habitans du bourg de Saint-Germain, que l'agitation lointaine de Paris n'avait pu arracher au repos, se réveillèrent. On devina des troubles nouveaux; le nom des *huguenots* vola de
bouche en bouche.... Les intentions
sanguinaires du Louvre furent comprises par une multitude avide de carnage.... D'affreux hurlemens répondirent au coup de tocsin qu'avait donné le
jeune moine, et mille agens des vengeances de l'Italienne couronnée le répétèrent dans tous les bourgs des environs.

Bientôt des plaintes, des gémisse-
mens douloureux montèrent jusqu'à
l'humble clocher.

« Je meurs.. Grâce ! grâce ! »criaient
des infortunés poursuivis par les meurtriers.

« Point de quartier ; tue ! tue ! » répondaient leurs féroces assassins.

Et le cénobite commençait à se croire
responsable de toutes les larmes ver-
sées, de tout le sang répandu dans cette
nuit terrible. Il se mit à genoux, et répéta avec ferveur sa prière :

« O Dieu de Judith, Dieu d'Aod,
Dieu redoutable, soutiens mon courage.... Je le sais, l'hérétique mérite
la mort....

« Je suis perdue...» s'écria une voix
étouffée par les larmes et par la crainte.
Le jeune homme frissonna ; une sueur

froide coula sur son front et glaça tout
son corps; il leva les yeux avec une
sorte d'effroi.

« Qui que tu sois, dit-il, pourquoi
viens-tu troubler ma solitude ! que me
veux-tu ? »

Un cri involontaire, échappé près de
lui, fut la seule réponse ; mais le moine
aperçut quelque chose de blanc se glis-
sant dans le fond de la sombre enceinte,
pour se dérober à ses regards. Il se
leva et courut vers l'ombre fugitive. A
peine avait-il fait quelques pas, qu'il
découvrit non loin de lui une jeune fille
couverte d'un voile éclatant, et revêtue
d'une longue robe blanche; ses genoux
chancelaient; elle paraissait saisie de
la plus grande terreur. Elle tomba aux
pieds du cénobite.

« Au nom de Dieu, s'écria-t-elle, au

nom de tout ce que vous avez de plus cher, ne me perdez pas.

— Quoi! dans ces lieux, dans le temple du Seigneur une hérétique, un enfant de Bélial et de Satan! Retire-toi, esprit tentateur.

— Hélas! que vous ai-je fait? Pouvez-vous me repousser loin de vous quand les assassins sont là... quand peut-être ils m'attendent à cette porte?...

— Dieu de miséricorde! ne me laisse point succomber à la tentation!.... donne-moi la force de soutenir ta cause!.... Retire-toi, suppôt de l'hérésie....

— Par la mère qui vous a nourri de son lait, ne privez pas une mère de sa fille, une famille vertueuse de son dernier rejeton... Vous êtes jeune, vous devez être sensible; laissez-vous tou-

cher de pitié..... Faut-il frapper de
mort des innocens pour quelques vains
dogmes?...

— Elle blasphême ! je retrouve mon
courage..... Retire-toi , maudite , ou
bientôt moi-même je te livre à la justice
des hommes.... »

En achevant ces mots, il avait fui
l'hérétique prosternée à ses genoux,
et s'était dirigé vers le tocsin. Déjà il
ébranlait l'instrument funeste , lorsque la jeune fille tomba mourante sur
le pavé du temple ; son voile agité s'é-
carta ; le moine put contempler un
visage céleste, dont rien, jusqu'à ce
jour, ne lui avait donné l'idée. Etonné ,
confondu , il laissa tomber de ses
mains le signal de mort, et admira
quelque temps en silence cette jeune
beauté, éplorée, au désespoir, et qui

n'en paraissait pas moins, à ses yeux,
le chef-d'œuvre de la création. Ses préjugés lui disaient qu'il fallait livrer aux
bourreaux cet ange de grâces et de
beauté, mais son cœur parlait en même
temps et lui traçait en traits de feu la
barbarie d'un pareil abandon. Sa conscience de moine combattait sa conscience d'homme. Il regardait comme
un crime de laisser vivre l'hérétique,
il sentait en même temps que ce serait
un crime plus grand de traîner au supplice la timide beauté. Incertain, irré-
solu, il appelait à son aide tous les saints
patrons du monastère, et récitait toutes
les oraisons qu'on lui avait apprises contre l'esprit malin. Mais l'humanité et les
sentimens de la nature parlaient plus
fort que les vains scrupules de l'éducation et les préjugés du cloître.

« Qu'exigez-vous de moi ? » demanda-t-il à la jeune fille, d'une voix attendrie, en fixant sur elle un regard
timide que voilaient d'involontaires
larmes.

L'infortunée ne répondit que par un
soupir.

Alors un tumulte nouveau se fit entendre : plusieurs personnes montaient
avec rapidité le petit escalier qui
aboutissait au pallier solitaire.

« Sauvez-moi ! sauvez-moi ! s'écria
la belle fugitive.

— Moi !... Que je trahisse mon devoir ! les intérêts du Ciel ! jamais !...
Cependant on vient..... O Dieu !
maître suprême de toutes les créatures, veux-tu livrer à la mort un
de tes plus beaux ouvrages ?... dois-je
être l'instrument cruel..... Mais le

temps presse ! les meurtriers s'avancent ! il n'y a plus à balancer!......
Viens, dangereuse enchanteresse, fille
des hommes, créée pour la perdition
de nos âmes.... Tu fascines mes yeux,
tu égares mon cœur.... Viens.... je
ne puis supporter de sang-froid l'idée
de te livrer au supplice. Entre dans
cette pieuse retraite.... »

Et il poussa l'infortunée dans un humble oratoire pratiqué dans le mur du
clocher.... Le bruit des pas s'appro-
chait... Déjà l'on entendait les horri-
bles imprécations, les sinistres blasphêmes de ceux qui prétendaient défendre la cause du Ciel.... Le moine se
remit en prières;... mais son cœur
était troublé.... il sentait un secret remords d'avoir recélé une huguenote....
il sentait une crainte plus vive, quoique

plus involontaire, de voir massacrer sous ses yeux l'innocente beauté qui lui avait demandé la vie...Enfin on poussa brusquement la porte.... il trembla... Plusieurs hommes à figures atroces, guidés par un prêtre portant un flambeau d'une main et un poignard de l'autre, entrèrent précipitamment à la suite d'un malheureux protestant qui venait chercher dans cette chambre un dernier refuge, et qui alla tomber à genoux, saisi d'effroi, devant l'image sacrée du Christ.

~~~~~~

CHAPITRE II.

LE MEURTRE.

———

V. 52. — Alors Jésus lui dit : Remets
ton épée dans le fourreau ; car tous
ceux qui prendront l'épée périront
par l'épée.

V. 53. — Penses-tu que je ne puisse pas,
si je voulais me venger, prier mon
père qui me donnerait aussitôt douze
légions d'anges ?

Ev. sel. saint Mathieu, ch. XXVI.

« Courage , mes enfans, achevez
votre ouvrage ! Il est écrit : Tu frappe-
ras l'impie, quand il embrasserait la
corne de l'autel. »

Ainsi parlait un vieux prêtre, au

front sillonné de rides profondes, au teint pâle et cadavéreux, au regard farouche; et les nouveaux venus répondaient par des cris de fureur.

Le moine frémit; ce langage, auquel il était pourtant familiarisé, lui inspira une certaine horreur.

« Ambroise, lui dit en même temps le vieux prêtre, quelques hérétiques n'ont-ils pas déjà essayé de prendre le lieu saint pour retraite; as-tu veillé? »

Le jeune homme rougit, et balbutia quelques mots sans suite; mais, se remettant aussitôt :

« Mon père, dit-il d'une voix presque étouffée, ne connaissez-vous pas mon zèle pour la cause du Seigneur? »

Ainsi l'humanité apprenait à Ambroise l'art que les Escobar et les Sanchez ont depuis réduit en précepte....

Il croyait ne pas mentir, et insinuait à son supérieur le contraire de la vérité.

Pendant ce temps, les meurtriers s'étaient approchés du fugitif, et l'avaient violemment arraché du prie-dieu devant lequel il s'était prosterné.

« Allons, dit l'un de ces hommes féroces, avec un accent terrible, allons, mon brave, tu as bien eu le temps de faire ta prière.... ton heure est arrivée...

— Serait-il mort de frayeur, Henri ? demanda d'un ton de curiosité sanguinaire un de ses compagnons... la victime nous serait-elle échappée ?...

— Pique-le avec ton épée, pour le faire revenir. »

Le malheureux proscrit se releva avec dignité. C'était un vieillard, dont la figure vénérable imprima dans l'âme d'Ambroise un respect et un attendris-

sement profonds. Sa barbe blanche
descendait sur sa poitrine vénérable;
son front élevé annonçait la noblesse
de son âme; son visage grave et austère
n'était point flétri par les rides de l'âge;
la tranquillité de ses mœurs et sa douceur
l'avaient préservé long-temps des outra-
ges de la vieillesse. Ambroise crut voir un
de ces augustes patriarches que révère
l'Eglise, ou l'un de ces pères du christianisme primitif, dont les vertus commandent le respect de tous les siècles.

« Frappez, dit le proscrit en découvrant sa poitrine aux assassins, frappez;
et puisse le Ciel vous pardonner la mort
du juste !....

— Allons, Henri, dépêche donc ce
vieux radoteur !...

— Charge-t'en toi-même...

— Te l'avouerai-je? pour la première

fois je sens je ne sais quel scrupule...
je n'ai pas le courage de ravir à ce vieillard le dernier souffle de son existence.

—Pardieu ! je n'osais pas te le dire,
mais une aussi sotte timidité m'ar-
rête... »

Le prêtre prit alors un air sévère ;
ses deux sourcils blancs et touffus se
rapprochèrent avec une expression effroyable. Ambroise trembla, et lut dans
les regards de son supérieur, qu'il
avait appris à connaître, un arrêt de
mort....

Cependant le prêtre éleva la voix
avec douceur.

« Mon frère, dit-il au proscrit, l'E-
glise de Dieu est le sanctuaire de la
charité : avouez vos crimes et repentez-
vous. Nous prierons le Seigneur de bénir votre conversion.

I.   2

—Prêtre d'un Dieu de paix qui demandes en son nom des assassinats, répondit l'auguste vieillard, je n'ai pas cédé à tes argumens; crois que je résisterai de même à tes menaces. Si j'avais pu adopter ta croyance, sache que je la répudierais aujourd'hui qu'elle te commande le crime.

— Blasphémateur téméraire!....

— Écoute : je vais mourir, et mes paroles ne frapperont que tes acolytes; tu ne peux craindre l'effet de ma faible voix.... Si Dieu nous révèle l'avenir à notre heure suprême, je t'annoncerai la destinée qui attend ta caste.... Vous persécuterez les ennemis de vos opinions intolérantes, vous dresserez des échafauds en dépit de la parole divine, qui a dit : *Tu ne tueras point!*... Vous vous enrichirez par le meurtre et

par le mensonge..... Mais le jour de la
vengeance viendra..... on renversera
vos temples, on inondera de votre sang
les cachots que vous creusez pour nous.
Injuste et intolérante pour vous, comme
vous l'êtes pour vos frères innocens,
une génération viendra, qui se fera un
plaisir de vos souffrances... La misère
et la mort vous suivront sur la terre
d'exil, et vous ne pourrez reprocher
vos malheurs qu'à vous seuls ; vos
crimes les préparent!

— Qu'oses-tu dire?.....

— Je vais mourir ; que puis - je
craindre de toi?.... Je l'avoue, je ne
désirais pas la mort; j'ai fui avec terreur devant les bourreaux. Heureux
dans le sein d'une famille qui m'aime,
j'aurais voulu lui consacrer les derniers
jours que m'avait accordés le Ciel.....

Mais mon déshonneur serait plus cruel pour les miens, que ma mort ! je ne veux pas vivre à ce prix... En mourant, je bénis le Dieu de clémence et de vérité : je n'adore point l'idole sanglante que tu pares de son nom...

— Mes frères, mes enfans, souffrirez-vous plus long-temps ces blasphêmes dans la maison même du Seigneur?... Que Dathan meure! que périssent Coré et Abiron!... puisque Abiron, Coré et Dathan ont levé l'étendard de la révolte contre Moïse, pontife de Dieu.

— Mort à l'hérétique ! répétèrent les assassins. »Et ils s'avancèrent pour frapper le protestant; mais son regard noble et calme les intimidait... Henri s'approcha presqu'en tremblant, détourna la tête avec une sorte d'horreur, et lui plongea son épée dans le sein..... Ses

compagnons poussèrent un grand cri,
et tous se précipitèrent sur le malheureux proscrit, qui, baigné dans son
sang, se débattait contre la mort.

Ambroise était tombé à genoux devant le crucifix de bois qui décorait le
lieu de cette horrible scène : il cherchait à trouver dans la prière le moyen
de surmonter la pitié involontaire qui
touchait son cœur..... à peine put - il
retenir un cri d'effroi, quand le sang
du vieillard rejaillit jusque sur lui......
O Dieu ! protége tes enfans, balbutiait-
il d'une voix tremblante ; mais son cœur
n'était point occupé de ces oraisons fatales.... Il ne sanctionna pas les mots :
Dieu soit béni ! l'hérétique ne souille
plus la terre ! que prononcèrent ses lèvres, quand le malheureux proscrit
tomba expirant sur le pavé du temple.

Cependant les meurtriers avaient en-
levé le cadavre, et se préparaient à
l'emporter.

« Que le corps de l'impie ne rentre
plus dans le sanctuaire ! s'écria le
prêtre qui les guidait...

— Qu'en ferons-nous ? demanda l'un
des assassins ?

— Ce que nous en ferons, Henri ?...
cette fenêtre... »

Et tous se dirigent vers une espèce de
créneau qui donnait de l'air au clocher.
Le corps du vieillard est posé sur le
bord de ce créneau ; Henri et ses compagnons le poussent dehors... et Ambroise entendit les restes inanimés du
malheureux tomber avec fracas sur la
terre , et une multitude furieuse ac-
cueillir par des cris de joie cet horrible
présent.

Depuis long-temps le prêtre et ses
farouches acolytes s'étaient retirés,
et Ambroise, toujours prosterné à la
même place, était resté dans le même
accablement... Enfin l'image de la jeune
fille se présenta à son esprit...

« O Dieu! s'écria-t-il avec ferveur,
achève mon ouvrage! préserve d'un
si affreux trépas cette jeune beauté...
que dis-je? le Seigneur n'exige-t-il pas
sa mort? ne suis-je pas coupable?
douloureuse incertitude! Le vieillard l'a bien dit, l'écriture porte : *tu
netueras point* ! mais il est également
écrit : ne laisse pas une pierre sur une
pierre dans Amalec; n'épargne ni les
hommes, ni les femmes, ni les enfans,
ni les bestiaux... Il est également écrit :
je suis venu apporter le glaive et non
la paix... »

En parlant ainsi, il s'était levé et il se dirigeait vers la porte de l'oratoire où l'inconnue était cachée... Il se retourna alors, et joignant ses mains en élevant ses regards vers l'image du Sauveur :

« O Seigneur ! qui es venu pour nous délivrer du péché, peux-tu induire mon cœur dans une erreur fatale à mon salut ? Est-il possible que ce soit un crime de délivrer cette malheureuse enfant, quand mes sentimens secrets me disent que c'est un devoir ! est-ce une tentation de notre ennemi infernal, est-ce un de tes ordres sacrés ?... »

Il entra dans l'humble oratoire et trouva la jeune fille en prières.

—Quoi ! belle hérétique, toi aussi tu trouves des consolations dans la prière ?

et que penses-tu demander à ton Dieu ?

— De sauver mes parens et de pardonner à leurs ennemis.

— Est-il possible ?...

— Telles sont les leçons de nos ministres.

— Ne me parle plus ainsi, jeune
fille ; ne tente point ma crédulité ; je
veux te sauver, mais je ne veux point
entendre ta voix enchanteresse.

—O mon libérateur ! permettez que
j'embrasse vos genoux !.....

—Relève-toi, dangereuse créature,
j'oublie mon devoir auprès de toi ?
fuis... que je rentre dans le fond du
cloître humilier mon orgueil, et pleurer
de t'avoir connue.

— Vous repentiriez-vous de m'avoir
sauvé la vie. Mais, grands dieux ! que
vois-je sur vos habits ?... du sang !....

— Oui ; ils l'ont tué... là... un vénérable vieillard. Ils n'ont pas respecté
son âge ; ils ne respecteraient pas ta
beauté ; ils sont plus affermis que moi
dans la sainte voie... fuis, ou mon secours deviendrait impuissant...

— Où voulez - vous que je fuie ?
n'entendez-vous pas ces cris ?...

En effet, une foule enivrée de carnage se pressait à la porte de l'église...
Les deux jeunes gens regardèrent au
travers des vitraux de l'oratoire. Cette
foule entrait dans le sanctuaire en mê-
lant des imprécations blasphématoires
à des chants pieux. Bientôt une grande
clarté éclaira l'oratoire, humble retraite
du moine et de la huguenote. Cette
clarté venait de l'église dont une simple
balustrade de pierre les séparait, le petit
oratoire servant quelquefois de tribune
aux dignitaires de l'abbaye.

De cette balustrade élevée, ils purent
regarder dans le temple où se trouvaient
alors un grand nombre d'individus. Un
spectacle étrange appelle leur attention.
Tout le clergé, paré de ses ornemens sa-
cerdotaux, traversait processionnelle-
ment la nef; une espèce de bataillon,
dont les rangs semblaient formés des
plus vils brigands, le suivait. Des
hommes couverts de haillons pleins de
sang, portant avec les dépouilles de leurs
victimes et leurs épées nues encore
dégouttantes de carnage des cierges
sacrés, se placèrent audacieusement
dans le chœur, reçurent la bénédiction
de l'abbé et entonnèrent le *Te Deum*
avec la foule des moines et des prêtres.

La jeune fugitive, tremblante comme
la feuille d'automne, pouvait à peine se
soutenir pendant cette étrange céré-

monie , et Ambroise lui-même était frappé d'un sombre effroi.

Elles finirent enfin les actions de grâces adressées au seigneur pour bénir le meurtre de ses créatures... Ambroise pressa l'inconnue d'échapper par la fuite aux recherches de ses persécuteurs... Il descendit avec elle jusque sur le porche de l'abbaye ; elle partit... et le jeune cénobite , après avoir vu disparaître dans le fond du *pré aux clercs* la robe blanche dont il avait involontairement suivi des yeux les gracieuses ondulations , rentra dans le cloître les yeux mouillés de larmes et le cœur oppressé d'un poids douloureux.

~~~~~~

CHAPITRE III.

LES REGRETS.

Je ne vis jamais une physionomie où tant de feu se joignit à tant de profondeur , un regard aussi sombre avec un front aussi ouvert; et quelque chose de si engageant avec une gravité aussi imposante.

WIELAND, *Pir. pret.*, t. *II*, p. 139.

La tranquillité et le silence du cloître avaient succédé aux cris des gens de guerre et aux imprécations des meurtriers. Les chants pieux des moines faisaient seuls retentir les voûtes de l'abbaye Saint-Germain ; les simples occupations des solitaires, le recueillement et le calme qui régnaient autour d'eux remplaçaient les scènes terribles de la nuit. On n'aurait jamais pensé être dans le même lieu, ou l'on aurait

cru avoir fait un rêve sinistre , si involontairement on s'était retracé tant
d'horreurs.

Cependant Ambroise était loin d'a-
voir repris comme ses compagnons ,
avec une indifférence complète, exté-
rieurement semblable au stoïcisme ou
à la stupidité, ses occupations journalières. Pour la première fois, sa pensée
s'était élancée au-delà du cloître ; et il
lui semblait désormais difficile de la
dompter. Son esprit était plein des
scènes tragiques de la nuit : il voyait
le vieux protestant, mourant en in-
voquant le Ciel pour ses meurtriers,
martyr d'une croyance qu'il regardait
comme la véritable. Il se rappelait, en
frémissant, que le sang du malheureux
avait rejailli sur ses habits..... Il pensait
aussi à la jeune fille, qui lui était apparue,
brillante de pudeur et de beauté !....

« Serait-il possible, grand Dieu ! s'é-
rait-il, que vous eussiez rejeté cet ange
de la communion des fidèles ! Serait-il
possible que vous eussiez repoussé de
votre sein votre plus bel ouvrage ! »

Ambroise, fils de pauvres paysans,
avait été élevé au fond du cloître ;
jamais il n'avait vu le monde, et la
jeune protestante était pour ainsi dire
la première femme qui se fût offerte à
ses regards... Sa beauté l'avait vivement
frappé... Ses malheurs avaient pour la
première fois ému un cœur que les
austérités journalières et l'uniformité
du cloître avaient jusque-là fermé à la
pitié...

Jusques à la nuit dont nous avons
raconté les tristes détails, Ambroise avait traîné dans le monastère,
témoin de sa première éducation et

pour ainsi dire son berceau, une existence monotone qu'aucun événement
remarquable n'était venu interrompre.
Il ne connaissait aucun des devoirs, aucun des plaisirs des hommes. Suivre ri-
goureusement sa règle, consumer dans
les prières et dans les abstinences les
trois quarts de sa vie ; soumettre toute
son existence matérielle à son *abbé*,
toutes ses idées à son confesseur : telle
avait été l'histoire de ses premières années et de ses plus secrets sentimens.

Maintenant Ambroise, sans rien
changer dans sa conduite extérieure,
n'était pourtant plus le même homme.
Son cœur était chargé de chagrins secrets, presque inconnus à lui-même,
vagues, indéfinissables et qui n'étaient
pas moins cuisans. Il aurait donné la
moitié de sa vie pour rendre heureuse

la jeune fille qu'il avait sauvée, et il se reprochait amèrement à lui-même ce généreux mouvement d'humanité...... Cependant, la première fois qu'il s'approcha du Sacrement de la pénitence, il ne confia pas au père spirituel qu'il s'était choisi, ces peines de son cœur et ces scrupules cachés... Pour la première fois il avait une idée inconnue à son vénérable confesseur, et cette idée secrète, quoique souvent douloureuse, n'était pourtant pas sans quelque charme.

«A qui puis-je faire part des tourmens de mon cœur? s'écriait-il souvent avec amertume ....., on ne les comprendrait pas..... Est-il dans toute la communauté un seul être assez abandonné du Sauveur pour avoir à souffrir les extravagantes folies qui envahissent malgré

moi mon esprit et mon cœur ? Que
me fait après tout cette hérétique ?
son supplice ne serait-il pas le juste
châtiment de ses crimes ? n'est-il pas
de mon devoir de l'oublier ?... peut-
être de la maudire?.. O Dieu ! donne-
m'en donc la force si telle est ta volonté
sacrée.... Fille charmante, image divine de la céleste beauté, je le sens,
malgré moi tu domines tous mes sentimens, tu tiens dans mon âme la place
que devrait seul occuper le Dieu auquel
j'ai voué mon être, l'Église que j'ai
choisie pour épouse, les saints Patrons
qui protégent la maison que je vais habiter jusqu'au trépas.... et cependant
je ne te reverrai plus ; je porterai jusqu'au tombeau ton souvenir tracé dans
mon âme en caractères de feu ; il me
poursuivra aux pieds des autels ; il ac-

croîtra la rigueur de mes abstinences ;
il éteindra la douceur de mes prières et
de mes pieuses méditations. »

Le jeune cénobite crut effacer la trop
vive image que son cœur avait toujours
présente en doublant ses anciennes austérités. Toujours ses compagnons, en
descendant avant le jour dans le chœur,
pour entonner la prière matinale, le
trouvaient prosterné au fond de sa
stalle, le visage contre terre, les mains
croisées sur sa poitrine oppressée par la
douleur. Ils n'avaient pas de si simples
repas, qu'Ambroise ne trouvât moyen
de retrancher une portion de sa ra-
tion journalière. Ils n'avaient pas de
veilles si longues, qu'Ambroise ne voulût
encore doubler. A peine prenait-il quelques heures de repos, non sur la dure
couche de ses compagnons, mais sur la

pierre glacée du dortoir commun. Son
corps était déchiré par ses macérations
multipliées. Ses yeux souffrans de ses
longues veilles pouvaient à peine contempler la lumière du jour. Ses joues
creusées par le jeûne étaient livides et
décharnées. Ses lèvres jadis riantes
étaient mornes et glacées. Jamais il
n'adressait la parole à ses compagnons.
Jamais il ne répondait à leurs questions
que par des monosyllabes dont la sé-
cheresse étonnait ses anciens amis.

Malgré toutes ces austérités, malgré
les efforts surhumains qu'il tentait
pour détruire un sentiment involontaire, le souvenir cher et cruel qui le
suivait partout s'enracinait de plus en
plus dans son cœur effrayé.

Il sentait le besoin de confier ses chagrins à quelqu'ami sûr, à quelque per-

sonnage grave et vertueux, capable de
lui rendre la paix du cœur et de remettre ses pensées dans la sainte voie;
mais aucun de ses compagnons ne lui paraissait propre à recevoir une pareille
confidence. La plupart des jeunes gens
de son âge ou paraissaient ronger avec
impatience le frein qu'on leur avait im-
posé, ou faisaient parade d'une pureté
rigide, sans indulgence comme sans passion. La vertu hautaine des uns l'ef-
frayait; il aurait rougi de partager les
égaremens des autres. Il regardait le
cloître comme le plus saint asile; il désirait trouver un guide sûr pour l'af-
fermir dans le dessein d'y consacrer
tous ses instans au service du Seigneur.

Il y avait dans le monastère où Ambroise était renfermé un vieillard d'une
piété profonde. Toute la communauté

admirait ses hautes vertus et avouait
l'impossibilité de les imiter. Il paraissait extrêmement détaché des choses
terrestres ; rien ne troublait la tranquillité de son âme ; jamais il n'avait
pris parti entre les différentes factions
qui divisaient souvent ses confrères.
Toujours solitaire au milieu des moines
nombreux qui l'entouraient, il semblait trouver dans sa piété un inépui-
sable aliment à ses méditations profondes. Son visage était grave sans orgueil ; son regard, qui au premier abord
paraissait sévère, avait cependant, en
le considérant mieux, une admirable
teinte de mélancolique douceur. Il se
mêlait aux exercices pieux des moines,
mais avec une sorte d'apathie ; son âme
semblait trop rapprochée du Ciel pour
avoir besoin de chercher son appui à

l'aide de soins minutieux et de prières quotidiennes. Jamais le sourire n'avait paru sur ses lèvres au milieu des amusemens des jeunes cénobites qu'il semblait pourtant contempler avec une certaine bienveillance. Jamais le moindre dépit, jamais la plus petite marque d'impatience ne s'étaient laissé lire sur son visage, quand tout autre en aurait trouvé de très-légitimes sujets. Il ne tenait à la terre que par son enveloppe mortelle qu'il semblait porter peu d'intérêt à conserver.

Depuis long-temps Ambroise désirait consulter le père Raymond, (c'était le nom du sage vieillard), mais une crainte secrète l'arrêtait. Jamais il n'avait adressé la parole à cet homme étrange, et cependant il l'avait connu depuis qu'il avait pu discerner les objets

qui entouráient son enfance. Sa figure,
ses habitudes, tout en lui était resté
stationnaire depuis ce temps, tandis que
tout était changé autour de lui. Des
pères de son âge, les uns étaient
descendus dans la tombe, les autres
avaient perdu les facultés morales qui
distinguent l'homme de la brute et
étaient revenus dans leur vieillesse à
la stupidité du berceau. Une génération tout entière s'était élevée à l'état
d'homme. Lui seul était resté toujours
le même; et Ambroise, habitué à le
voir chaque jour auprès de lui aux
offices, au réfectoire, dans les récréa-
tions, connaissait à peine le son de sa
voix.

Néanmoins le jeune homme, chaque
jour de plus en plus effrayé des peines
nouvelles que lui causait un état au-

quel il s'était voué jusqu'alors avec la
plus entière abnégation de lui-même,
résolut de se confier au mortel vertueux
que révéraient toutes les factions diver-
ses du couvent. Il hésita pourtant encore.
Comment pourra-t-il jamais aborder le
moine vénérable que tous ses compagnons révèrent, mais qu'aucun n'est digne d'entretenir? Comment lui avouera-
t-il les fautes involontaires de son cœur?
Chaque jour Ambroise voulait tenter
d'aborder le redoutable père Raymond,
et chaque jour, après s'être vainement
attaché à ses pas, il s'éloignait, l'âme
navrée, sans avoir osé entamer une
difficile conversation.

Un jour que, comme à son ordinaire,
pendant toute la récréation, il s'était
promené dans la plus longue allée de

l'ancien *clos de lias*, à côté du père
Raymond, et que, comme à son ordinaire aussi, il allait quitter le vieux
moine sans avoir osé s'adresser à lui, à
son grand étonnement le solitaire lui
adressa le premier la parole.

« Jeune homme, lui demanda-t-il,
pourquoi suis-tu ainsi tous mes pas ?
As-tu quelque conseil à réclamer de
mon expérience ? Je suis trop vieux, il
y a trop long-temps que j'ai perdu les
hommes de vue, pour pouvoir te servir utilement. Suis-je simplement pour
toi l'objet d'une oisive curiosité ? Crois-
moi, c'est un triste objet de contemplation que les misères de l'âme humaine.

— O mon père ! j'ai besoin de vous
ouvrir mon cœur...Il faut que vous di-

rigiez ma conscience, que vous me guidiez dans le chemin du salut. »

Le vieillard tourna sa tête chauve et blanchie par les douleurs peut-être autant que par les années, avec un air de dénégation.

—Je doute que je puisse t'être utile, pauvre enfant, dit-il au triste Ambroise; je suis mauvais casuiste et mauvais théologien; j'avais peut-être autrefois une âme sensible; mais les grandes peines rendent égoïste, et à peine sais-je encore sentir?... Mais les vêpres sonnent... remplissons les devoirs que nous nous sommes imposés... Si tu le désires, ce soir je serai prêt à t'entendre; mais, je te l'ai déjà dit, ma sagesse et ma science te seront d'un faible secours. »

3.

Et le vieillard s'éloignait avec rapidité, laissant Ambroise qui avait toujours cru son bonheur sans égal, dans un inconcevable étonnement.

CHAPITRE IV.

DIALOGUE.

———

« O mon père, mon père, sauvez-moi de l'abîme où mon délire me plonge. L'Esprit tentateur s'est emparé de moi. Au milieu de cette retraite sacrée, j'ose songer au monde et à ses plaisirs...

— Homme, ne faut-il pas que tu participes aux passions et aux douleurs de l'humanité. Obéis à la nature, car tu voudrais lui résister en vain.

— Que dites-vous, vieillard, ne

proscrivez-vous pas les faux plaisirs de ce monde séduisant?

— Comment pourrais-je les approuver, ces plaisirs ?.. qu'ai-je rencontré dans le monde? De prétendues lois, frein inutile, redoutables pour le faible qu'elles oppriment, impuissantes contre le fort qui les viole impunément; des dehors fardés par ce qu'on appelle la politesse, voile élégant de la méchanceté des âmes; des partis rivaux, réclamant les droits de la justice quand on les accable, accablant à leur tour ceux dont ils ont maudit la cruauté; des sectes religieuses qui se battent pour savoir de quelle manière on travestira la Divinité, offrant toutes à Dieu un impur encens et lui prêtant leurs difformités et leurs travers; des juges mendiant un sourire dans l'anti-

chambre des grands criminels après
avoir livré à la mort les petits coupables... voilà quel est ce monde que tu
voudrais connaître ; juge si je dois le
regretter... Mais tu as voulu commencer par où j'ai su finir; tu as voulu te pré-
munir par la retraïte contre des écueils
que tu ne connaissais pas. Tu as voulu
devenir un grave solitaire avant d'a-
voir été un homme...N'espère pas échapper ainsi aux misères et aux peines de
la nature. Ton cœur reste avec toi pour
te faire payer quelquefois ton tribut de
larmes et de malédictions contre le
créateur : c'est l'ennemi que tu ne peux
fuir. Il faut que tu connaisses tôt ou
tard nos passions et nos chagrins.

— Mais, bon père, cette sainte retraite ne sera-t-elle pas pour moi le
port du salut ? n'y trouverai-je pas le
repos, sinon le bonheur?

— Jette les yeux autour de toi. Vois
quel repos elle a fait goûter à tes compagnons, et décide ; ils se disputent, ils
forment des partis, ils se rendent mutuellement la vie insupportable pour
des niaiseries à peine dignes de l'attention d'un faible enfant. Que de cabales
pour l'élection d'un abbé !... Combien
d'orgueil s'y montre dans des mortels
vulgaires sous le masque de l'humilité
monacale ! Combien de haines, d'in-
trigues, de rivalités ! On croirait voir
les soldats d'Alexandre incertains du
choix de son successeur ; et il ne s'agit
que de commander à quelques moines !..
Affecter des dehors graves et sévères,
passer la moitié de sa vie à réciter des
oraisons en pensant à autre chose : voilà
le fond de la vie monacale ; les cœurs
restent les mêmes que dans le monde,

ou se pervertissent encore quelquefois par la nécessité de feindre des vertus surhumaines.

— Où donc trouver le repos et le pouvoir d'être vertueux ?

— Le repos ! il n'existe nulle part. Trop d'hommes se pressent en tous sens sur le petit espace que la nature leur a donné. Le riche craint pour la fortune qu'il tient du hasard. Le pauvre a besoin d'un travail opiniâtre pour subsister. L'un passe sa vie dans les appréhensions, l'autre dans les fatigues. Cette terre qui doit nous nourrir tous, concentrée entre quelques mains, laisse une incurable misère aux trois quarts des hommes ; et cependant le riche se plaint et crie à l'injustice quand on lui ravit une petite partie des richesses communes qu'il dérobe à ses sem-

3 .

blables. Il repousse le mendiant par
de dures paroles : travaille, lui dit-il,
je ne protége pas l'oisiveté, lui, oisif
opulent, qui surcharge la terre d'un
vain poids en consommant ses plus précieuses productions. Le pauvre, de son
côté, maudit le riche et envie son bonheur. Venu sur la terre lorsque les
partages étaient faits, il n'a pas trouvé
de part pour lui et il crie à l'injustice. Il
travaille et il meurt de faim et de misère.
Il dérobe quelques portions du superflu
des autres ; on le pend. Il mendie ; on
le traite avec mépris en lui jetant quelquefois un peu de pâture que les chiens
du riche ont rebutée.

— O mon père , vous m'effrayez !...

— Mes paroles, comme de vains sons
s'effaceront bientôt de ton âme. Il faut
que tu fasses par toi-même l'appren-

tissage de la vie. On ne profite pas de
l'expérience des autres... c'est une loi
générale ; il faut s'instruire à l'école du
malheur.

— Mais vous, Raymond, vous qui,
exempt de passions , semblez détaché
de cette vie terrestre, saint homme,
par quelle route êtes-vous parvenu au
bonheur et à la vertu ?

— Que parles - tu de moi ? quelle
vertu trouves-tu à se soumettre au sort
qu'on ne peut éviter ? quel bonheur
trouves-tu dans l'anéantissement de
toutes les facultés qui me liaient à l'espèce humaine ?

— O vertueux mortel, votre modestie vous rend injuste avec vous-même...
Toute la communauté sait...

— Et que m'importe les jugemens
de tes moines... de la modestie dans

l'état où le sort m'a réduit !... Jeune
homme ! tu viens de faire reparaître
sur mes lèvres le premier sourire qui
s'y soit placé depuis quarante ans.

— Mon père, instruisez-moi par
votre exemple, apprenez-moi à vous
imiter,

— Triste exemple !... cruelle destinée !.. mon enfant, tu renouvelles toutes
mes peines, tu me rends à l'existence ac-
tive, et c'est pour me faire gémir... Vois-
tu ce squelette décharné, seul ornement de ma cellule? C'est en le contemplant depuis quarante ans, que je
suis parvenu à me dire que l'humanité était peu de choses et qu'on pouvait
quitter sans regrets ses vains plaisirs...
Et cependant tu ne peux pas me faire
faire un retour sur le passé, sans qu'un
soupir involontaire oppresse mon cœur.

— Mon père, vous n'êtes donc pas heureux ?

— Je ne connais plus ni bonheur ni malheur ; je marche, comme la brute, machinalement vers la tombe.

— Mais les jouissances que vous donnent les devoirs pieux ?

— Pratiques machinales que j'exerce sans m'en apercevoir et sans songer seulement à leur objet. Dans la grande scène du monde qu'importe le rôle que je joue. N'arriverai-je pas un jour au port commun ?

— Avez-vous donc supporté bien des malheurs ?...

— Jeune homme ! contemple ces yeux désséchés par un demi-siècle de solitude et de jeûnes. Vois cette larme qui vient de les humecter, elle est don-

née à un souvenir plus long encore....
Telle est ma réponse.

— Quelles tristes circonstances vous
ont donc rendu si malheureux ?

— J'ai subi le sort commun à tous les
hommes.... et si de longues années passées dans la retraite ont pu amortir
mes chagrins, rien au monde n'aurait
le pouvoir d'en effacer entièrement la
trace....

— Quelle était donc la nature de vos
peines ?

— Les passions.

— Suis-je donc destiné à les connaître, ô mon père ! ces passions fatales !...
Eclairez mon cœur ? Pourquoi songé-je
toujours involontairement à cet être
charmant que j'ai entrevu une seule fois
et que mon devoir m'ordonne d'oublier ?

—Jeune homme ! tu vois auprès de cette tête desséchée, qui jadis a appartenu à un être comme nous, cette grande boîte noire. Il y a quarante années que je ne l'ai ouverte, et depuis quarante années mon cœur ne s'est pas séparé de ce que j'y ai renfermé, de ce que je ne veux plus revoir. C'est l'image d'un être comme celui qui trouble ton repos, d'un être charmant, aimable, sensible. J'ai pleuré un demi-siècle pour l'avoir connu pendant quelques instans.

— Se peut-il ! Et comment éviter les cruels dangers que ?...

—Je te l'ai dit : il faut que tu y succombes. Il faut que tu souffres ; c'est le sort de tous. Ne te fie jamais à l'apparence. Beaucoup d'hommes veulent paraître heureux et on les croit ; mais au fond

de leur cœur quelque peine secrète,
comme un ver rongeur, fait le tourment
de leur vie. »

Alors le vieux moine ouvrit la boîte
noire qu'il avait fait remarquer au jeune
homme. Il en tira un rouleau de papier
assez volumineux.

« Tiens, dit-il à Ambroise en lui présentant le rouleau, tu désires me connaître, voilà ce que j'écrivais lorsque j'ap-
partenais encore au monde ; tu n'y
retrouveras ni mon langage, ni mes
idées d'aujourd'hui. J'étais en effet un
autre être. C'est au fond d'une prison,
c'est en présence de l'échafaud que j'ai
écrit ces lignes passionnées, et peut-
être étais-je plus heureux qu'au moment où tu envies mon sort. Les passions tourmentent, il est vrai, mais elles
vivifient, elles portent avec elles leur

propre consolation. Le destin le plus cruel est de gémir dans sa vieillesse d'une longue suite de malheurs, et de pleurer encore sur des passions désormais sans objet. Adieu, jeune homme, tu m'as replacé au milieu d'un monde que j'avais fui. Il faut que je travaille de nouveau à l'oublier. »

Et le vieillard se replongea dans sa rêverie habituelle. Ambroise courut se renfermer dans sa cellule : là, il ouvrit le manuscrit de Raymond ; il allait enfin savoir ce que c'était que les passions, et, d'après l'histoire d'un homme, deviner celle des autres hommes. Il le lut avec avidité, non sans verser quelquefois des larmes. Nous allons le mettre aussi sous les yeux de nos lecteurs.

CHAPITRE V.

To die, — To sleep. —
To sleep ! — Parche to dream.
SHAKESPEARE.

Mourir, — Dormir,
Dormir ! — Peut-être......

REPOUSSÉ par les hommes, bien
jeune, hélas ! je connais le terme fatal
que le vieillard même ne sait jamais
contempler sans frémir. A peine ai-je
essayé l'existence, et l'existence se
ferme devant moi; à peine ai-je un

passé, et je n'aurai point d'avenir....
Et j'invoquais la mort, et je croyais
pouvoir la braver lorsque j'étais encore
loin d'elle; mon cœur si faible se croyait
fort, parce qu'il mesurait un fantôme
de l'imagination, dépouillé de tout ce
qu'il a de hideux et de terrible.....
Mais aujourd'hui..... aujourd'hui il
n'aperçoit que trop ses horreurs et ses
craintes! O mort! peut-on, à vingt ans,
te voir approcher sans regrets? Peut-
on rejeter sans désespoir la coupe enchanteresse sur laquelle on vient à
peine de poser ses lèvres, et qui déjà
nous enivrait de ses douces saveurs?
Peut-on abandonner sans douleur
tous les objets des désirs qu'à peine
encore on a eu le temps de former,
pour se précipiter dans une carrière sans terme, dans un abîme

sans fin que les sens ne peuvent connaître, que la pensée même ne peut
concevoir ni deviner, et qui, pourtant,
épouvante la pensée et glace d'horreur
tous les sens?

Un instant, un seul instant, trans-
porté par la passion et plein d'un déli-
rant enthousiasme, j'avais vu sans
crainte l'instant suprême; heureux de
laisser quelques regrets, ou plutôt tout
occupé de Blanche, jaloux de son amour,
soutenu par sa constance, et fier de penser que ses larmes arroseraient ma
tombe, moi-même j'avais voulu avan-
cer le terme de la mort qu'on me préparait, et tomber expirant aux pieds
de mon amie; j'avais voulu ravir aux
hommes le spectacle d'une créature
humaine, que d'autres êtres semblables à elle, que ses frères, sans passion,

sans colère, sans remords, sans pitié.,
vont arracher à la vie... le spectacle du
sang jaillissant du cadavre d'un homme
brillant naguère de jeunesse et de santé, et de meurtriers froids et impassi-
bles remplissant leur atroce ministère
au milieu d'une foule indifférente, que
n'émeuvent ni une répugnance naturelle pour l'assassin, ni même une pitié stérile pour la victime. J'avais voulu,
comme les anciens, plus humains dans
leur criminelle justice, me l'auraient
permis, exécuter moi-même la sen-
tence qui me défendait de vivre, ou
plutôt j'avais voulu te venger, ô Blanche ! et tourner contre un cœur aimant,
mais coupable de t'avoir soupçonné, la
main odieuse qui avait osé diriger contre
toi un poignard homicide. En vain le
fer qu'une main généreuse m'avait

donné pour me soustraire à l'infamie, a déchiré mon sein ; en vain je mesurai la terre, noyé dans les flots de mon sang.... les cruels ! ils m'ont rappelé à la vie pour me livrer à la mort ; ils ont étanché le sang qu'ils devaient répandre, ils m'ont prodigué les soins de l'amitié, et m'ont fait revoir la lumière pour me livrer aux bourreaux et me traîner à jamais dans la fatale nuit de la tombe.... A peine convalescent, je murmurai le nom de Blanche ; il éveilla dans mon cœur le souvenir de mon crime et le remords.... Elle m'a pardonné, pensai-je, et le sourire reparut un instant sur mes lèvres. Elle me consolait elle-même, elle recevait sans horreur mes tendres caresses ; elle appelait momens de bonheur ceux qu'elle passait auprès de son ami, et je pourrais encore.... Une larme plus amère vient mouiller ma paupière.... La vie me promet le bonheur, ce bonheur qui me fuyait quand je croyais avoir devant moi de longues années, et je n'ai plus d'espoir que dans la tombe et le néant ! Le néant !.... O mon vénérable ami ! Aubry, digne ministre du Seigneur, tu vas te récrier contre ce mot, tu vas chercher à verser dans mon sein de pieuses consolations ! O vertueux Aubry ! mon cœur te sait gré de tes soins, il accepte tes consolations.... Mais elles sont insuffisantes.... Bien jeune encore, je vais quitter la vie ; je vais, dis-tu, paraître devant le Créateur qui ne m'a point rappelé à lui, souillé encore par le crime que j'ai voulu commettre, et que je n'ai point expié.... Tu me parles de repentir, et mes pas-

sions brûlantes vivent encore dans mon
sein ; mon repentir peut-il me justifier
aux yeux du Tout-Puissant ? Je ne puis
lui offrir ce repentir, Blanche seule
peut en sentir le prix. Ce n'est pas d'a-
voir répandu le sang de la créature que
viennent les remords qui me déchirent,
ils n'ont pour mobile que la douleur d'a-
voir offensé mon amante ; d'avoir conçu
contre un ange, un soupçon aussi injuste que cruel. Oh ! je le sens, si je devais laisser ma Blanche entre les bras
d'un rival détesté, je m'exposerais, en
mourant, à toute la colère de ton Dieu
pour la soustraire à cet opprobre et pour
punir son audacieux ravisseur.....
Mais je vais paraître devant ce Dieu
que j'offense.... Tu me vantes sa miséricorde.... en suis-je digne ? Puis-je
seulement la comprendre ? Pardon,

Etre grand et sublime, ma bouche a blasphêmé ton nom, mais mon cœur répète tes louanges; mon malheur, mes souffrances égarent ma faible raison. O mon Dieu! mon Dieu! me puniras-tu de mes regrets?... Prêt à paraître devant toi, mon cœur ne peut les abjurer. L'image de Blanche vient troubler mes sens éperdus; je ne puis détourner mes pensées de cette image adorée : en vain voudrais-je te vouer les derniers instans d'une vie toute consacrée à l'amour, mon âme revient à mon amie comme par une sorte d'instinct. Prières, désirs, craintes, espoir, remords, toutes les idées que je voudrais offrir à la religion ne viennent que de l'amour.

Amour, doux charme de la vie, à peine ai-je connu tes plaisirs, et j'ai bu jusqu'à la lie le calice de tes peines les plus amères ; et, au moment où tu pourrais me rendre heureux.... où je l'ai appris de la bouche de Blanche, où j'ai vu couler des larmes de ses beaux yeux, où elle m'a prodigué ses plus tendres soins et ses plus douces caresses.... il faut renoncer à toi, il faut quitter la vie et quitter Blanche. J'ai souffert, j'ai beaucoup souffert, mais je me consolais du présent en vivant dans l'avenir, l'espérance était pour moi le bonheur ; mais aujourd'hui.... Que reste-t-il à l'homme, quand il a perdu l'espérance ?

Depuis huit jours j'ai repris mes sens, et depuis huit jours telles sont les pensées qui ont occupé mon âme pendant les longues heures que j'ai passées dans la solitude et l'ennui. Ton souvenir ne troublait pas ma pensée, homme qui a détruit mon bonheur. Blanche te hait, je te plains; ton âme hideuse ne méritait pas un autre sort, et je suis moins malheureux que toi... que toi, honoré par un monde que ta richesse éblouit, que tes crimes n'effraient pas.

Le présent était horrible; je voulais comme autrefois rejeter sa triste réalité pour m'élancer dans l'avenir, je cherchais les vagues et douces rêveries qui m'avaient si long-temps tenu lieu de bonheur. Mais, hélas! l'espoir avait fui! je restais seul avec mon malheur que ne pouvaient plus adoucir d'heureuses chimères dont mon imagination désormais stérile ne pouvait plus produire les fantasques et charmantes illusions.

Las de rester enseveli dans ces dou-

loureuses pensées, mon esprit cherchait un calme qui lui échappait sans
cesse; l'idée charmante de Blanche ne
pouvait l'occuper sans que le remords
de mon crime, sans que la douleur de
la séparation ne se reproduisissent avec
elle, mais néanmoins je m'apercevais
que le bonheur de penser à ma bien-
aimée était pour moi une consolation,
et qu'au milieu de mes souffrances son
image versait sur mes plaies un baume
insuffisant mais salutaire. J'abandonnai
l'avenir tout sinistre que l'espérance
avait délaissé, et me reportai dans le
passé; je relus les lignes que ma main
traçait au jour du bonheur, je par-
courus mes heures de plaisir, je me
reportai à mes jours de douleurs, et j'y
trouvai quelques charmes; alors aidé
de notes, je cherchai à me rappeler

les détails de mes premières années,
des premiers jours de mon amour, et
j'y attachai beaucoup d'intérêt; je son-
geai à deux êtres qui m'avaient été
bien chers, à deux êtres qui avaient
embelli ma vie et en avaient fait le
tourment, à deux êtres dont j'avais
causé l'infortune et fait le bonheur,
à mon amie et à mon amante, et je
versai des larmes moins amères que
celles qui humectaient à peine depuis
huit jours mes yeux brûlans. Enfin,
je résolus dè réunir pour Blanche ces
lignes éparses, de revenir sur les jours
de notre adolescence et de nòtre jeunesse et de lui en tracer le tableau.
Je me livrai avec ardeur à des tra-
vaux moins tristes, je trouvai un plaisir
inconnu en m'occupant dè chercher
dans mon esprit des souvenirs pres-

qu'effacés, et qui, en se retraçant à ma mémoire, m'arrachaient souvent quelques larmes et même quelquefois aussi ramenaient sur mes lèvres un sourire dont elles avaient depuis long-temps perdu l'empreinte, et qui, semblable au dernier rayon du soleil brillant d'une lueur douteuse dans le crépuscule naissant, étonnaient les hôtes lugubres de ma cellule et mes sinistres gardiens.

Enfin, je retrace pour toi, ma bien-aimée, ces souvenirs où ton nom est répété à chaque ligne ; tu y retrouveras le tableau des premiers jours de notre amour, tu verras mes erreurs, mon crime, mon repentir, et tu sauras du moins que mes derniers instans ont été consacrés à penser à toi, à gémir de t'avoir offensée, à bénir, malgré ma

triste situation, le jour où je t'ai connue ;
tu verras que j'aime mieux payer mon
amour de ma vie que d'avoir vécu au
milieu d'un triste bonheur sans connaître ce sentiment céleste ; tu verras
que je t'aimai toujours, que je t'aime
à ma dernière heure, et que j'em-
porterai mon amour dans la tombe
sanglante que ta générosité et ta tendresse n'ont pu combler sous mes pas.
O ma chère Blanche, tu vas aussi
trouver quelques fleurs que je me
plais à jeter sur la tombe d'une infortunée que tu aimais ; tu ne seras pas
jalouse de la tendresse que je conserve
à sa mémoire : tu sais que je l'aimais
comme une sœur ; tu avais pour elle
les mêmes sentimens. Que n'a-t-elle
conservé pour tous deux ces sentimens
d'amitié qui auraient fait son bonheur

et le nôtre ! elle vivrait encore, elle te
consolerait ou peut-être aurait-elle pré-
prévenu nos malheurs ; elle m'aurait
montré mon erreur, elle m'aurait
prouvé ton innocence. Elle n'est plus...
Cette âme angélique n'était pas faite
pour ce monde, elle m'attend dans
l'autre, ô Blanche ! et là, si l'on peut
retrouver les objets de ses affections,
nous nous occuperons de toi, nous
attendrons que la vieillesse sépare ta
belle âme de ce corps charmant, et la
mort réunira enfin trois cœurs dignes
l'un de l'autre ; oui, Blanche, dignes
l'un de l'autre malgré le crime de ton
amant, puisque l'amour a su le pardonner. Mais je m'égare, le plaisir
de causer avec ma bien-aimée, de
parler de tout ce qui me fut cher au
monde, met dans mes paroles un dé-

sordre que condamnera l'indifférence ;
il est temps de rassembler mes idées et
de commencer le récit de mes plaisirs,
de mes affections et de mes haines,
hélas ! trop légitimes.

———

~~~~~~

CHAPITRE VI.

J'éprouve toujours du plaisir quand j'arrive en cet endroit. Voyez-vous là-bas cette lumière ? C'est celle de *mon oncle*.... Et plus haut, à la fenêtre d'au-dessus , en voyez-vous une autre ? C'est celle de *ma cousine*.

WALTER-SCOTT.

LE sire d'Esigny , mon oncle , car je n'ai jamais connu mes parens, me plaça fort jeune parmi les pages du comte de Belleroux, l'un des premiers gentilshommes de la cour de François Ier. A seize ans je revins auprès de lui. J'avais appris sous l'un des plus vaillans seigneurs de la France le métier des armes

et les lois de la galante chevalerie. Je
pouvais passer pour un aimable chevalier. Je le savais. Déjà les nobles dames
de la cour la plus policée de l'Europe
m'en avaient donné l'assurance. Aussi
ne voyais-je pas sans plaisir le moment
de reparaître devant une jeune cousine,
dont mon oncle, depuis mon enfance,
m'avait destiné la main.

Je me livrais en chemin à mes rêves
de bonheur, tout en approchant, monté
sur mon destrier, du vieux castel qui
m'avait vu naître.

Ma cousine et moi nous étions du
même âge. Depuis six ans je l'avais quittée et alors Catherine était charmante;
comment donc la retrouverai-je aujour-
d'hui? nous avions alors l'un pour
l'autre tout l'attachement dont notre
âge était susceptible. Catherine m'ap-

pelait son mari, moi aussi je la nommais ma petite femme. Nous ne nous quittions pas, et j'avais pour elle tous les petits soins, toute la galanterie qu'un amant d'un autre âge peut mettre en usage auprès d'une maîtresse adorée. Notre amour faisait rire M. d'Ésigny et les vieux amis qui, toutes les semaines, venaient chasser avec lui et dîner dans le vieux castel. Mais les jeunes gens du voisinage, qui se réunissaient les dimanches pour danser dans le grand salon gothique, nous trouvaient charmans l'un et l'autre. Les jeunes filles remarquaient mon œil noir plein de feu, et assuraient qu'à vingt ans je serais un joli chevalier, et qui plus est, un amant passionné et fidèle. Les jeunes gens, tout en riant tout bas de mes jeunes ardeurs, prévoyaient que dans cinq ans je serais un trop heureux mortel, me voyant déjà par la suite amant et époux fortuné de ma jolie cousine, dont les regards enchanteurs étaient pleins de mélancolie et de tendresse, et dont la figure enfantine semblait formée pour l'amour. Ils aimaient à passer leurs doigts dans les longues tresses de cheveux blonds qui tombaient sur ses épaules, et riaient de bon cœur de ma colère et de ma jalousie précoce, lorsque je leur voyais prendre ces libertés avec celle que je regardais comme ma femme.

Ma cousine m'avait écrit, pendant mon séjour à Paris, aussi souvent que mon oncle; et je n'avais jamais fait partir une lettre pour le Dauphiné sans y joindre une épitre pour ma bien-aimée.

...Catherine me parlait toujours avec la même amitié; donc elle m'aimait encore et n'avait point eu d'autre inclination pendant mon absence. Bientôt notre amitié se changera en amour, pensais-je. On nous mariera, comme on en a eu le dessein depuis notre berceau, et nous aurons des enfans aussi jolis que ma Catherine. J'arrangeais ainsi mon petit roman, et mon cheval me portait avec vitesse vers les objets de mes jeunes affections. Quelque chose interrompait-il ma rêverie, je recommençais avec le même plaisir mes châteaux en Espagne favoris dans le premier moment de calme; je les rajeunissais même, en y ajoutant des détails nouveaux. Quelquefois, arrivant tout de suite au dénouement, je rêvais le premier jour de mes noces, je parcourais la toilette de

la mariée et la mienne même ; car dans
cette occasion je ne devais rien négliger
de ce qui pouvait faire de moi un joli
garçon. Puis, je me voyais dans mon
ménage ; j'élevais bien mes enfans et
surtout je ne les envoyais pas loin de la
maison paternelle au service de vaillans gentilshommes, qui leur font
payer si cher l'apprentissage des armes.
D'autres fois je créais des obstacles pour
les surmonter, des difficultés pour les
vaincre ; si mon rival était un homme
de genre farouche, je devenais moi-
même un héros ; mon rival était-il un
amoureux à beaux sentimens, un galant
à tendres propos, un Amadis, je devenais
un Céladon, et *les petits vers tendres et
langoureux* charmaient ma belle aussi
bien que les grands coups d'épée. Enfin,
si mon oncle mettait obstacle à mon

bonheur, je ne manquais pas de me faire admirer de ce cher oncle et de le séduire, au point qu'il finissait toujours par se trouver trop heureux de m'offrir sa fille pour épouse. Alors ma générosité et mon amour me faisaient oublier l'affront que j'avais reçu ; je recevais cordialement l'orgueilleux parent qui m'avait rebuté dans mon obscurité, et je terminais toujours en épousant Catherine et en savourant d'avance le bonheur que je devais goûter auprès d'elle.

Tout le bonheur des hommes n'est-il, comme les rêves de mon adolescence, qu'illusion et mensonge, ou la nature a-t-elle voulu faire de moi une triste exception à ses règles bienfaisantes et sages ? Tout ce que j'ai appelé plaisir dans cette vie, a passé et n'a laissé

dans mon âme que cette trace légère
que l'on conserve des vagues songes de
la nuit, tandis que l'infortune a gravé
dans mon cœur des sillons profonds et
indestructibles qui ne s'effaceront que
dans le tombeau.

Rejetons ces tristes pensées, et pour-
suivons un récit qui, du moins par
instant, peut cicatriser les plaies d'un
cœur ulcéré par le désespoir. Je vais
parler des plus heureux instans de ma
vie ; je vais peindre les premières émotions d'un cœur fait pour l'amour. Ah !
qu'elles fassent naître un dernier sourire sur mes lèvres ; arrivé au but sans
avoir parcouru la carrière, elles sont
mortes pour moi à jamais ces émotions
délicieuses !

J'arrivai à Esigny, après un voyage

que j'avais embelli par mes pensées d'amour, l'esprit plein des images chimériques de ma Catherine., et le cœur du désir d'en voir et d'en aimer la réalité. Quels transports je laissai éclater en revoyant mon pays ! ces lieux chers à mon enfance, où j'avais, pour la première fois, senti et pensé ! Quelle douce émotion je ressentis en reconnaissant la prairie où j'allais, avec mes jeunes camarades, exercer mes forces naissantes, et pressentir les jeux de la guerre; en découvrant au loin, sur le bord du ruisseau où nous nous désaltérions, le vieux saule dans lequel je me cachais pour éviter la poursuite de la jeune bande qui me poursuivait avec les longs éclats d'un rire bruyant ! Il n'est point d'homme qui n'ait, une fois au moins dans sa vie, éprouvé de pareilles émotions : est-il un homme qui puisse les dépeindre ?

Je conduisais mon cheval par la bride, et je marchais à pied, solitaire, plein de sensations rapides et délicieuses qui se croisaient dans mon âme sans y faire naître de réflexions. Je ne vivais que d'une certaine vie morale ; mes sens étaient doucement affectés, mais je n'aurais pu définir l'impression qu'ils recevaient ; mon âme était dans une extase céleste. Le pont-levis se baissa, les portes roulèrent sur leurs gonds, et je me trouvai dans les bras de mes amis.

~~~~~~

CHAPITRE VII.

SUITE DU MÊME SUJET.

———

Chacun se dit ami, mais fou qui s'y repose ;
Rien n'est si commun que le nom,
Rien de plus rare que la chose.

LAFONTAINE, *Liv.* 4, *fab.* 17.

JE trouvai toute la famille assemblée
dans la salle du banquet ; mon vieil oncle m'embrassa avec tendresse ; ma
cousine me présenta ses deux joues en
rougissant. Je la trouvai charmante,
cette cousine chérie : ses formes s'é-
taient développées, ses traits avaient

acquis une grâce nouvelle. Cependant elle n'était point telle que mon esprit me l'avait représentée. Elle était jolie; je la regardais comme telle; je l'aimais de toute mon âme, mais je n'éprouvais pas auprès d'elle les douces et vives émotions que j'avais entendu décrire comme apanages nécessaires de l'amour. Je me dépitais de ne pas me trouver plus amoureux, et tout mon dépit n'avait pas la force de changer la nature de mes sentimens. J'aimais Catherine comme la plus chérie des sœurs, je ne trouvais pas en elle une amante.

Catherine était d'une taille peu élevée; sa jolie figure avait quelque chose d'enfantin; elle était peu formée, et, quoiqu'elle eût seize ans passés, elle paraissait à peine sortir de l'enfance; et moi, tout jeune que j'étais, j'osais

prétendre à être regardé comme un
homme, et peut-être la crainte de paraître m'attacher à une enfant fut-elle
pour beaucoup dans la froideur involontaire de mon jeune cœur, peu d'heures avant si disposé à l'amour. Ma cousine me témoignait cependant la plus
vive joie de me revoir, et, avec toute
la pudeur qui convient à son sexe, me
prouvait, par d'innocentes caresses,
combien elle s'attachait à moi. Mon
oncle continuait ses plaisanteries sur
notre prochaine union. Je souriais, et
Catherine, retirant sa main qui souvent
se trouvait placée dans la mienne, bal-
butiait, en rougissant, quelques mots
sans suite. Chère cousine, quoique je
ne ressentisse point pour toi les bouillans
transports de l'amour, je savais si bien
apprécier tes excellentes qualités, j'en

concevais si bien tout le charme , que , quoique je ne hâtasse pas notre union, de tous mes vœux , je ne la regardais pas moins comme nécessaire à mon bonheur. Quelle fatalité , en nous séparant à jamais, a fait le malheur de trois êtres dignes d'un destin plus doux !

M. d'Esigny voyait souvent les gentilshommes de son voisinage. On se réunissait tantôt chez lui , tantôt chez ses voisins, dans de grands festins , où l'on parlait de chasse et de guerre , et où la grosse gaîté et souvent la débauche terminaient la partie quand les dames s'étaient retirées. C'est dans l'un de ces repas que je vis pour la première fois la jeune Blanche , fille unique du sire de Vermont. Tout ce que les grâces et la beauté ont jamais produit de parfait, tout ce que les vertus, la bonté, l'aimable candeur ont formé de divin, se trouvait réuni dans la personne de madame de Vermont. Je ne pus, tout le temps que dura le festin, détourner mes yeux de cette charmante enfant. Le son de sa voix me faisait tressaillir; je rougissais comme une jeune fille quand mes regards rencontraient les siens; je n'avais l'esprit présent ni aux propos gaillards des vieux gentilshommes, ni aux anecdotes galantes des jeunes chevaliers et des dames; je ne voyais que Blanche dans toute la société, et Blanche était pour moi tout l'univers.

Je ne dis pas quelles furent les tendres tourmens de mon cœur dans ces heureux momens d'un premier, d'un unique amour qui devait dévorer ma vie. Tous ceux qui ont aimé, les con-

naissent comme moi.; et quel être assez
malheureux, assez défavorablement
traité de la nature, n'a pas connu ce
sentiment enivrant, ce sentiment qui
fait le charme de la vie, même de ceux
qu'il tourmente !

En cet endroit du manuscrit, le jeune
moine s'arrêta, et l'image de l'inconnue frappa son cœur plus vivement
encore que de coutume.

Elle lui ressemblait sans doute cette
Blanche que Raymond nous peint
comme un modèle de beauté !... Et il
pouvait l'aimer, le lui dire sans cesse,
vivre pour elle ; heureux Raymond !...
Et moi.... mais ne suis-je pas trop
fortuné de dévouer mon existence au
Seigneur ?... À quels chagrins l'amour
n'a-t-il pas conduit Raymond ! Mais
il le dit lui-même : *Quel être assez*

défavorablement traité de la nature n'a
pas connu ce sentiment enivrant, qui
fait le charme de la vie, même de ceux
qu'il tourmente !... Et c'est ce malheur
qui m'est réservé !... Je ne dois pas le
connaître ce sentiment sublime... je
dois mourir dans le cloître où j'ai été
élevé..... Le salut sera le prix de
mes sacrifices... C'est à toi que je les
offre, ô mon Dieu ! je me résigne....
Avec ton aide puissant, je résisterai à
toutes les tentations du malin esprit...
à cet être dangereux lui-même, que tu
as offert à mes regards pour m'éprouver;
je m'armerai de la force de ton esprit divin. En achevant ces mots, les yeux hu-
mides de larmes, les joues enflammées,
la tristesse dans le cœur, il reprenait le
manuscrit du vieux moine :

Bientôt nos cœurs s'entendirent ;

Blanche me paya de retour : tendres
regards, douces paroles nous apprirent
nos sentimens mutuels. Mais Catherine
aussi voyait qu'un changement fatal à
son amour s'était opéré dans mon
cœur : elle gémissait, elle souffrait en
silence, et son ardeur s'en accroissait.
Trop occupé de ma maîtresse, je ne m'a-
percevais pas des douleurs de ma cousine; quelquefois seulement, en considérant cette jeune fille autrefois si belle,
je remarquais dans toute sa personne un
changement cruel : ses joues si fraîches
étaient devenues pâles et livides, ses
yeux étaient éteints, son front portait
toujours l'empreinte des soucis ron-
geurs. Je la questionnai amicalement
sur la cause de ses souffrances :

« Tu ne saurais me le cacher, lui
disais-je souvent, Catherine, tu souffres

5.

de quelque chagrin secret. Confie-le à
ton cousin. Ne suis-je pas ton meilleur
ami, ton frère? »

Elle me répondait en affectant de
sourire, et en me disant qu'elle était
heureuse de mon amitié; et, légère
comme la biche des bois, elle s'échappait de près de moi, et courait, sans
doute, cacher sa douleur dans la retraite. Pauvre Catherine! j'ignorais la
cause de ses chagrins, et c'était ma
cruauté qui empoisonnait sa vie! Quand
elle était auprès de moi, mon âme ai-
mante souffrait autant qu'elle de ses
douleurs; mais, fuyait-elle, l'image
de Blanche en arrachait aussitôt toute
autre pensée, et les désirs de l'amour
effaçaient promptement les souvenirs
de l'amitié.

Peu de temps après ces premiers

ïnstans de mon amour naissant, le jeune chevalier Arnaud d'Esigny, le frère de Catherine, mon cousin, revint des armées, où il avait combattu avec quelque gloire. Il avait une douzaine d'années de plus que moi, et je ne me rappelais pas l'avoir jamais vu. Je me liai pourtant avec Arnaud, c'était le frère de Catherine, le fils de mon oncle, de mon bienfaiteur; ne devais-je pas l'aimer? Fatal retour! liaison plus fatale! vous avez détruit toutes mes espérances de bonheur!

Arnaud était loin de posséder le cœur aimant et sensible de sa sœur et la brusque franchise du sire d'Esigny : il avait contracté dans les camps une certaine habitude de rudesse que je prenais pour de la bonhomie; mais combien j'ai reconnu depuis la farouche

trempe de son âme! Le besoin de
haine et de vengeance était le premier
sentiment de son cœur. Il avait fait la
guerre en partisan, à ses propres dépens, et cette espèce de brigandage au-
torisé avait accru sa férocité naturelle.
Les habitudes des cérémonies supersti-
tieuses, contractées à la cour galante
de François Ier, avaient joint l'hypocri-
sie à ses autres défauts. Il flattait les
gens qu'il voulait déchirer, et son amitié était d'ordinaire le prélude de ses
fureurs.

Je ne voyais dans Arnaud que le frère
de Catherine, un jeune homme noble
comme moi, et ayant plus d'expérience;
je croyais pouvoir lui ouvrir mon
cœur et le laisser lire dans mes plus se-
crètes pensées. Je lui découvris donc
mon amour pour Blanche; je lui lais-

sai même entrevoir que j'étais payé
de retour. Il pâlit en écoutant le récit
de mon bonheur, et parut troublé;
mais, se remettant aussitôt, il me fé-
licita avec les expressions de la plus
franche cordialité.

Mais, dès cet instant, je m'aperçus
que Catherine, si bonne, si préve-
nante pour toutes ses amies, témoignait à Blanche une répugnance insur-
montable qui, jusqu'alors, avait été
loin de son cœur. La santé de ma
pauvre cousine dépérit chaque jour
de plus en plus; elle finit par être tout
à fait languissante : bientôt elle ne
quitta plus sa chambre, ni son lit.

Un jour, je m'en souviendrai jusqu'aux bornes de mon existence, ce
jour a commencé le tourment de ma
vie, l'infortunée me fit appeler près

d'elle ; M. d'Esigny et Arnaud venaient d'en sortir. Elle désirait s'entretenir un moment avec moi. Je me rendis avec empressement dans sa chambre solitaire. Quelle fut ma surprise, en voyant auprès d'elle Blanche , mon amante chérie, qu'elle n'avait pas voulu voir depuis les premiers instans de sa maladie..

« Approche, mon cher cousin , me dit-elle avec douceur, j'ai besoin de te voir encore une fois avant de mourir.

— Mourir, Catherine ! que dis-tu ?....

— Oui , mourir, mon ami ; je ne puis me faire illusion : je vais vous quitter... Je n'ai pas voulu partir pour un si long voyage sans embrasser mes amis , et sans leur demander mon pardon.

— Nous, te pardonner , Catherine !

üous écriâmes-nous à la fois, moi et la charmante Blanche.

— Oh ! oui, mes bons amis ; j'en ai besoin : vous ne savez pas combien j'ai été coupable envers vous.... Apprenez que, depuis le jour où Arnaud, par une délicatesse mal entendue, m'a révélé vos amours et m'a ordonné de renoncer à Raymond, j'ai maudit ma chère Blanche, coupable d'avoir été plus heureuse que moi ; que j'ai désiré rompre des nœuds si doux.... Enfin, revenue à des sentimens plus naturels, je meurs en souhaitant que vous soyez heureux. Unissez-vous, mes amis.... vivez long-temps, et pensez quelquefois à la pauvre Catherine. »

Blanche et moi, nous fondions en larmes ; nous nous précipitions sur le lit de Catherine ; nous la conjurions de

5.

vivre : elle nous demanda un moment de silence.

« La mort s'approche, nous dit-elle; mes amis, écoutez-moi, un mot encore.... Méfiez-vous d'Arnaud.... c'est lui.... »

Elle ne put achever.

« Adieu, adieu, » murmura-t-elle, et elle nous tendit sa main défaillante. Nous l'embrassâmes avec transport... elle expira...

Ambroise pleurait; son cœur était vivement attendri; il posa auprès de lui le triste manuscrit, et médita en silence sur les événemens cruels qui y étaient décrits. Il le reprenait et cherchait, en soupirant, la page qu'il avait quittée lorsque la porte de sa chambre fut brusquement poussée : un frère servant se présenta devant lui.

« Frère Ambroise, lui dit-il, suivez-
moi; le seigneur Abbé vous demande.»
Et le jeune homme obéit.

Nous le laisserons entrer seul chez
son supérieur; la suite des événemens
nous porte ailleurs, dans des lieux et
parmi des personnages qui nous sont
encore inconnus.

CHAPITRE VIII.

MOUVEMENT POPULAIRE..

WERKER.
Courons attaquer ces chiens d'hérétiques.
STRENCH.
Les misérables! ils ont attiré le feu du Ciel sur nos moissons.

Ancienne tragédie allemande.

ON remarquait encore, vers le milieu du seizième siècle, sur le sommet de la hauteur qui couronne Tully, un castel gothique tombant en ruines, objet des traditions supertitieuses de plusieurs siècles et des terreurs de toute la contrée : c'était une tour de forme octo-

gonale percée sur ses quatre faces prin-
cipales de trois ouvertures circulaires
qui donnaient du jour aux différens
étages de l'édifice, et surmontée d'une
terrasse crenelée qui dominait tous les
environs, et sur laquelle de petites
tourelles, placées aux huit angles, servaient de refuge aux sentinelles nocturnes. Cette tour reposait sur un ro-
cher taillé à pic qui dominait un abîme
immense, défense naturelle et inexpugnable du vieux castel, connue dans
le pays sous le nom de la *Roche du
Diable*. On y abordait du côté du nord
seulement par un étroit et tortueux
sentier qui, du plateau de la montagne,
descendait, par une rampe rapide, au
milieu des taillis épais et des têtes iné-
gales de rochers, jusques dans la plaine;
de petits bastions et des ravins, que l'art

et la nature avaient également creusés de distance en distance, défendaient encore ce sentier, de lui-même presque inabordable, jusqu'au chemin régulier qui conduisait au manoir du sire de Tully.

C'est sur ce chemin, un peu en-deçà de la montagne, que se pressait, le 26 août 1572, une foule immense, agitée d'une pensée unique. Furieux, effrayés, des paysans, des soldats, se heurtaient, se poussaient pour arriver plus vite au bourg : l'un d'eux s'approcha de l'un de ses compagnons :

«Où cours-tu donc ainsi, Guillaume? lui dit-il; tu parais bien agité....

— N'entends-tu pas le son lugubre de la cloche de Saint-Rambert?

— Que t'importe? c'est le glas de la

mort qui annonce la dernière heure de quelque moine.

— Tu ne vois donc pas de tous côtés, sur la route, les habitans de nos hameaux se précipiter vers le bourg?

— Eh bien?....

— Eh bien! Henri, ces signes d'effroi ne préparent-ils pas à la nouvelle d'un grand malheur?

— Un incendie, sans doute; j'ai vu, en effet, en me reposant sur les foins de mon champ, après le travail, une lueur extraordinaire briller du côté où se couche le soleil. »

Guillaume Marbot parut alors très-effrayé et fit, avec dévotion, un signe de la croix en s'efforçant de prendre un air calme et réfléchi.

« Va, continua son compagnon, tu es bien bon de les plaindre! S'ils fai-

saient, comme nous, un feu modeste
avec quelques sarmens encore verts,
l'incendie de leurs habitations ne trou-
blerait pas le repos de nos villages....
Mais le riche a tout pour lui, même
notre bienveillance insensée à nous
qu'il écrase !....

—Crois-moi, Henri Aubert, ce n'est
pas d'un incendie qu'il s'agit. On parle
de crime à expier, de désastres à
subir : nous vivons dans un temps
d'épreuves et de tourmens.

— Et que diable pouvons-nous craindre ?

— Babet, la jeune laitière, arrive à
l'instant de Saint-Rambert qu'elle n'a
fait que traverser; elle nous a raconté
d'étranges choses.

— Peut-être une nouvelle tentative

des *ligueurs*; ces gens-là sont incorri-
gibles.

— Bien pis que cela; Henri, trem-
blerais-je, s'il s'agissait de si peu? Je
suis un ancien soldat, Henri, et j'ai du
cœur; mais il est des choses... Les prêtres, consternés, ont fermé les portes
de l'église; ils se sont dépouillés de leurs
vêtemens; notre vieux curé, que la bénédiction de Dieu l'accompagne! il
pleurait... on entendait partout murmurer les mots d'impiété, de profana-
tion, sacrilége. Tout le bourg accusait
les huguenots.

— Les huguenots!...

—Sais-tu bien, Henri, que c'est une
plaie pour nous que leur voisinage?

— Bah! ils ne sont pas tous si diables
qu'on les dit noirs.

— Les infâmes ! que le prix de leur crime retombe sur leur tête !

— Et quel est donc ce crime !

— On n'en sait rien encore, mais seulement....

— Adieu, Guillaume.

— Tu ne m'accompagnes pas à la ville ? tu n'es pas pressé de connaître ce qui se passe ?

— Oh ! non ; tu me l'apprendras assez tôt. »

Et le vieil Henri Aubert, ancien soldat du prince de Condé, reprit le chemin de sa chaumière, en souriant du beau zèle de son ami.

« Chien d'hérétique ! disait, en poursuivant sa route, Guillaume Marbot ; on me l'avait toujours bien dit que ton attachement pour un damné t'avait fait abandonner la voie de Dieu. Cependant

je ne l'aurais pas cru : trahir son Dieu !
un vieux soldat ! »

Et il relevait sa moustache avec une
fierté martiale. Mais bientôt le tintement de la cloche le rappelant à des
sentimens moins terrestres, il leva les
yeux vers le ciel et se signa avec une
humilité profonde.

La route était couverte d'une foule
de peuple occupé des mêmes pensées.
Tous se rendaient à Saint-Rambert ; ils
se demandaient mutuellement quelle
calamité menaçait le pays, et se propo-
saient d'interroger les ministres du Seigneur. Tous ignoraient également le
but de tant d'alarmes ; mais tous mau-
dissaient d'avance les malheureux huguenots auxquels ils croyaient devoir
les attribuer.

« Vois-tu , disait Guillaume Marbot,

avec qui nous avons déjà fait connaissance, à un ami qu'il venait de rencontrer, vois-tu ce vieux donjon à demi
ruiné, dont les débris montrent encore
tant d'opulence? c'est de lui que viennent plus de maux que de toutes les
cavernes de l'enfer.

— On dit pourtant que le baron de
Tully, son propriétaire, est un brave
homme.

— Un brave homme ! la perle des
huguenots ! s'écria Guillaume.

— Oui, un brave homme, ajouta en
grommelant un petit vieillard à face
blême, parce qu'il cajole le pauvre pour
le corrompre..... c'est le plus grand des
scélérats.

— Quand il combattait dans nos
rangs, reprit Guillaume, il traitait assez
bien le soldat; mais jamais il n'allait à

la messe... On dit même l'avoir entendu blasphémer le saint nom de Dieu.

— Ce que je tiens pour certain, continua le petit homme, c'est qu'il est sorcier ; il y a quelque vingt ans, lorsque le premier coup de cloche de Saint-Rambert donna le signal de la guerre contre les huguenots, il était nuit , je me levai; j'avais avec moi trente bons gaillards, tous francs catholiques, tous mus par l'amour de la Sainte-Eglise romaine. Nous parvînmes dans ce maudit donjon : les oiseaux étaient dénichés et leurs lits étaient encore chauds.... Nous manquions là une bonne aubaine, le plus riche de tous les seigneurs *parpeïots*.... Satan les avait avertis.... nous voulûmes nous consoler en buvant le vin de ce maudit manoir; mais il nous fut fatal. Malgré notre sobriété, nous ne nous réveillâmes que le matin , et nous perdîmes ainsi, sous l'enchantement huguenot, une nuit destinée au service de la religion et du roi.

— Respectable père , dit en riant un jeune paysan, pareille chose vous arrive souvent sans sortilége.

— Taisez-vous, jeune homme, répondit Guillaume; ne plaisantez pas avec les choses sacrées.

— Ce comte de Tully est le mauvais génie de la contrée, ajouta le premier interlocuteur.

— Oui, oui, dirent plusieurs voix; et c'est une honte pour le roi de t'avoir appelé son ami.

— Si quelque crime a été commis, il faut s'en prendre aux huguenots, murmurait toute la foule.

— Il faut les expulser du pays; il faut

brûler le donjon de Tully ; il faut que notre évêque sévisse contre le comte, criaient les plus exaltés. »

Non loin des portes de Saint-Rambert, sur le plateau d'un petit monticule peu élevé, où la grande route, après avoir suivi les sinuosités d'un chemin montueux et sillonné de ravins profonds, se divise en trois branches, dont la plus grande va jusqu'à Paris, et les deux autres condi .sent, l'une au château de Tully et à la Roche-du-Diable, et l'autre dans la forêt de Saint-Rambert qu'elle traverse pour se rapprocher ensuite du chemin de Saint-Murin, à l'embranchement des trois routes, Guillaume Marbot et ses compagnons rencontrèrent une foule plus considérable encore que celle dont ils faisaient partie. Les nouveaux venus étaient conduits par des moines; leur accoutrement était grotesquement terrible. Un capucin, les pieds nus, le corps ceint de la corde de Saint-François, avait endossé une cuirasse rouillée et chargé sa tête, moulée pour le capuchon, d'un gigantesque armet. Des cordeliers, des dominicains, le fusil sur l'épaule, suivaient; une multitude effrénée se pressait autour d'eux; on entendait ces cris sanguinaires :

« A Tully! à Tully!

— Mort aux huguenots!

— La religion sainte, ou le supplice!»

La foule qui courait au village se mêlait aux nouveaux venus, et bientôt le château de Tully fut menacé d'un terrible assaut.

CHAPITRE IX.

SIÉGE DU CHATEAU.

Je ne décide pas entre Genève et Rome,
De quelque nom divin que leur parti les nomme;
J'ai vu des deux côtés la fourbe et la fureur....
Et si la trahison est fille de l'erreur......
. . . .
L'un et l'autre parti perfide également,
Ainsi que dans le crime ou dans l'aveuglement.

VOLTAIRE , *Henriade, ch. II.*

LE coup de tocsin de l'église de Saint-Rambert, qui avait causé tant d'effroi dans tous les villages des environs, répondait au signal donné par le Louvre pour le massacre des protestans. Les moines de toute la contrée, jaloux de mériter les bonnes grâces de l'Italienne, s'étaient empressés de suivre l'exemple donné à Paris. Le comte de Tully leur

I.   6

parut une victime digne d'être offerte à
la rage de Médicis et desGuises; c'est par
lui qu'ils voulaient commencer les meur-
tres qui se préparaient. La populace,
ameutée par leur tocsin et par leurs ser-
mons, s'empressa, avec un zèle atroce,
d'obéir à leurs ordres sanguinaires; elle
se porta en foule sur leurs pas contre le
château du malheureux comte, et, au
bout de peu d'heures, quarante mille
villageois, dévorés d'un fanatisme brû-
lant qu'animait encore l'ardeur du pillage, se trouvèrent aux pieds de la
Roche-du-Diable.

Cependant la famille de Tully, objet
de tant de haine et de tant de projets
de vengeance, n'avait jamais répandu
que des bienfaits sur toute la contrée.
On l'aurait adorée pour ses vertus,
si les prêtres n'avaient pas soufflé contre.

elle l'esprit de fanatisme et de fureur.

Le vieux comte de Tully était l'un des premiers seigneurs français qui eussent adopté la cause de la réforme. François Iᵉʳ lui-même, dont il était l'ami, lui en avait donné l'exemple ; mais quand son souverain retourna, par politique, au catholicisme, il ne crut pas devoir l'imiter. Moins jeune, il offrit son bras, en Hollande, à la cause de l'indépendance, et combattit auprès de Guillaume de Nassau contre les vieilles bandes de l'Espagne. Les guerres civiles le rappelèrent dans sa patrie. Il servit sous les ordres du prince de Condé, devint ami de l'amiral de Coligny, et obtint l'estime du jeune prince de Béarn, depuis devenu si justement célèbre :

Le seul roi dont le peup'e ait gardé la mémoire.

6.

Ce bon vieillard, dont les mœurs sévères et la bienfaisance égalaient la
bravoure, venait de partir pour as-
sister aux fêtes du mariage du jeune
Henri avec la princesse Marguerite;
fêtes que l'on disait devoir être une époque de réconciliation, et qui furent té-
moins du plus grand des crimes du genre
humain, de celui que frappe la juste
réprobation de tous les siècles. Il avait
emmené avec lui une partie de sa famille, laissant au château la comtesse,
sa seconde femme, aussi fervente catholique qu'il était resté zélé protestant,
et son fils aîné le baron Philippe. Il avait
conduit à la cour ses autres enfans, Jehan
et Anaïs. Le premier annonçait déjà,
quoiqu'à peine au printemps de sa vie,
devoir posséder un jour la valeur et les
vertus de son père; Anaïs n'avait que

dix-sept ans, et Anaïs était charmante ;
c'était l'enfant de prédilection du vieux
Tully , et elle méritait tant d'affection
par les qualités de son cœur plus encore que par ses grâces. Il espérait, avec
tout l'orgueil d'un bon père, la voir briller au milieu des beautés de la cour de
France, comme le lys , emblême de ma-
jesté et de sagesse, au milieu d'un par-
terre émaillé de fleurs.

Hélas ! ce voyage, dont il se promettait tant de bonheur, devait être bien
fatal à sa malheureuse famille. Depuis
peu de jours il était à Paris. La nuit
désastreuse de la Saint-Barthélemy, si
honteuse pour le seizième siècle, pour
la France et pour la maison de Valois,
cette nuit de proscription , couvrait
Paris de ses ombres. Le comte de Tully
et ses enfans goûtaient les douceurs du
repos. Tout à coup on heurte violem-

ment à la porte extérieure de son hôtel;
ses serviteurs paraissent agités. Il se ré-
veille en sursaut : quelques gentilshommes de son parti le demandent à l'instant... le temps presse... il n'y a pas un
seul instant à perdre... Il descend, à moitié vêtu, dans un vaste salon, témoin
de la généreuse hospitalité de dix géné-
rations de héros.

« Amis, dit-il vivement, que voulez-
vous de moi à cette heure?

—Notre existence est menacée, Comte ! Il faut nous défendre contre un roi
et une cour perfides... Il ne nous reste
plus qu'à vendre cher notre dernier
soupir : nous sommes entourés d'assassins.

— Est-il possible ?... Et Charles, hier
encore, me promettait sa royale amitié ; il voulait honorer ma fille en dan-

sant plusieurs fois avec elle....*. il folâ-
trait amicalement avec mon fils, et lui
promettait de lui faire peur en venant
le réveiller cette nuit...

— Ses assassins tiendront sa parole...

— Je ne puis le croire; mes bons
amis, l'esprit de parti vous égare...

— Ecoutez, vieillard : n'entendez-
vous point le son lugubre de mille cloches annonçant l'heure de notre trépas?...n'entendez-vous point les pas des
chevaux, les cris des gens de guerre ?..

— Aux armes donc!

—Courons.... »

La belle Anaïs et le bouillant Jehan
s'étaient levés à la hâte pour se rendre
auprès de leur père.

« Je vous suis, » s'écria le jeune
homme avec enthousiasme, en saisissant une épée. Malheur à qui nous at-

taquera ! nous ne périrons que sur un monceau de leurs cadavres. »

Anaïs pleurait ; et, n'osant pas se mêler à ces graves discussions, couvrait de ses mains son joli visage et ses beaux yeux noirs, baignés de larmes.

« Non, tu ne me suivras pas, mon fils : mes enfans , restez ensemble.... attendez en repos notre retour..... Jehan, je te confie ta sœur... Ne faut-il pas que tu songes à sa défense? Si quelqu'un l'attaque, agis comme un loyal chevalier, soutiens sa faiblesse.

— Vous me connaissez, mon père : soyez tranquille sur le sort d'Anaïs; ou vous la trouverez tranquille, à l'abri de tout outrage, ou vous ne retrouverez pas votre fils vivant ! »

Tully embrassa ses enfans , et, suivit ses ardens compagnons. La fureur dans les yeux, la haine et le besoin de vengeance dans le cœur, il se précipita dans la rue Saint-Paul, et, suivant le bord de la rivière de Seine, se dirigea vers le Louvre, pour demander compte à Charles IX de ses trahisons.

A peine était-il sorti de son hôtel, que Jehan et la triste Anaïs entendirent la porte extérieure s'ébranler sous les coups redoublés qu'on frappait au-dehors. Bientôt elle cède aux efforts des assaillans... l'hôtel de Tully est envahi... les assassins se précipitent dans les appartemens; Jehan court à leur rencontre.

« Arrêtez, misérables ! s'écrie-t-il avec transport, arrêtez, ou vous allez apprendre ce que l'on gagne à s'attaquer à un Tully ! »

Et d'un coup de sa bonne épée, il

6..

frappe celui des assaillans qui se trouve près de lui...

Un grand cri, répété par tous les brigands, devient alors le signal du meurtre... Vingt escopettes se dirigent contre la poitrine du jeune chevalier... les coups partent.... il est atteint par le plomb meurtrier, et tombe, baigné dans son sang.

« O mon père ! s'écrie-t-il d'une voix éteinte, je te l'ai promis : c'est sur mon corps inanimé qu'on arrivera jusqu'à ma sœur... pourquoi faut-il que tu aies à pleurer tes deux enfans ? »

Il disait...et son sang coulait à grands flots...En vain il essaie de se relever et étend sa main vers son épée. Les forces lui manquent . . . . il retombe, et expire en murmurant encore :

« Mon père ! ma sœur !... »

Sa dépouille mortelle est foulée aux pieds; on sépare sa tête sanglante de son tronc. Les assassins se font gloire d'avoir donné la mort à un enfant! ils invoquent le nom du roi et le nom sacré du Sauveur des hommes, en assouvissant leur rage féroce contre un cadavre.

Bientôt la chambre d'Anaïs est remplie de meurtriers. Elle n'avait eu le temps que de se couvrir des vêtemens les plus nécessaires, et de jeter sur sa tête un voile léger. Elle voit entrer les brigands... elle frémit... tout son sang se glace dans ses veines. Leurs habits sont souillés de sang... leurs mains portent l'empreinte de pareilles taches... Est-ce le sang de Jehan?... est-ce celui de son père?... ses genoux chancellent.. elle se sent prête à défaillir.

« Est-ce que tu as peur ? lui demande
en éclatant de rire un de ces hommes
farouches.

— Tu en auras bientôt quelque sujet, » ajoute un de ses compagnons.

Un troisième, plus effronté, s'approche d'elle, et arrache le voile qui
la couvre.

« Qu'elle est jolie ! » s'écrie à la fois
toute la bande.

Aussitôt ils se rassemblent en un petit
groupe et causent avec vivacité, quoique
trop bas pour que la jeune fille puisse
les entendre. Elle devine seulement
que l'on médite contre elle quelque
crime horrible. Sa terreur augmente.
Jusqu'à ce moment elle avait cru n'a-
voir à craindre que la mort.

« La belle, lui dit enfin celui qui paraissait être le chef de ses persécuteurs,

nous t'accordons la vie, mais il faut que tu te prépares à nous suivre..... Pourquoi trembles-tu? Nous ne voulons te faire aucun mal. Tu es en sûreté avec nous. »

Et ils l'entraînèrent avec violence. Bientôt elle se trouva dans la grande salle de l'hôtel... Un cadavre dépouillé de ses vêtemens frappa ses regards.... sa tête était coupée... elle ne pouvait le reconnaître : cependant sa douleur redoubla.

« O messieurs, messieurs, de grâce, qu'avez-vous fait de mon frère? s'écria-t-elle d'une voix interrompue par des sanglots.

— Ne viens-tu pas de le voir? lui demanda l'un de ses guides avec la plus complète indifférence.

— Que dites-vous?...

— Tiens, regarde, » répondit avec le même flegme le brigand ; et il tournait violemment le visage de l'infortunée vers le tronc informe qu'elle avait déjà remarqué en frémissant.

Ils allaient sortir de l'hôtel en enlevant leur proie : une autre troupe se présenta devant eux ; elle était composée, comme la leur, d'espèces de brigands déguenillés ; mais elle était conduite par quelques moines et par un homme qui, sous son costume simple, cachait les manières du haut monde.

« Vous sortez de chez les Tully : la besogne est-elle faite ?

— Le vieillard s'était sauvé, mais nous avons déniché sa couvée.

— Qu'est devenu le jeune homme ?

— Le voilà, dit un des brigands en

écartant son manteau, sous lequel il avait caché une tête sanglante.

— Tu me raconteras son aventure ; il faut que j'en égaie ce soir le souper du roi, dit le courtisan en prenant familièrement le bras de l'assassin.

— Et qu'est-ce que cette jeune fille?... Où la conduisez-vous, demanda l'un des moines.

— Mais, en effet, elle est jolie..... Il faut que vous nous la livriez, ajouta le courtisan. Je serai bien aise de la présenter à Mgr d'Anjou.

— Pardon, messieurs, mais nous la gardons.... C'est notre part du butin.

— La mort, la mort aux hérétiques ! crièrent plusieurs moines.

— Il est écrit : « Tu n'entretiendras point de commerce avec les filles moabites, ajouta un autre moine.

— D'ailleurs, je veux la conduire à Mgr d'Anjou, répéta le courtisan, et je t'en donne dix écus d'or.

— Tu ne l'auras pas, répondit le chef des bandits.

— A moi, Suisses du roi !

— A moi, compagnies franches !

— Que faites-vous, mes enfans ! Soldats du Christ, défenseurs de la cause sainte, devez-vous prodiguer, pour de vaines querelles, un sang que vous devez à votre Sauveur? Vous avez tous raison. Il est écrit, il est vrai : « Tu n'entretiendras pas de commerce avec les hérétiques » ; mais la parole de Dieu porte aussi : « Tu réduiras Amalec en poussière, et tu n'épargneras que les filles. » D'ailleurs, faut-il, dans ce saint jour, se disputer un trop légitime butin? Travaillez avec ardeur pour

la cause du Ciel, et vous trouverez tous
également à vous enrichir. Le Seigneur
n'abandonne point ses serviteurs : il a
fait descendre la manne sur Israël au
fond du désert. »

La guerre cessa aussitôt. De part et
d'autre on obéit aux ordres du moine,
et l'on se sépara bons amis, en poussant également, des deux côtés, ce cri
de ralliement : *Mort aux hérétiques !*

Et les soldats de la compagnie franche entraînèrent après eux la malheureuse Anaïs.

~~~~~~

'CHAPITRE X.

SCÈNE NOCTURNE.

————

> . . . . Songe à cette nuit cruelle
> Qui fut pour tout un peuple une nuit éternelle;
> Songe aux cris des vainqueurs, songe aux cris des mourans,
> Par la flamme étouffés , sous le fer expirans.
>
> RACINE, *Andromaque*, *acte III.*

L'INFORTUNÉE Anaïs erra long-temps au milieu de ses farouches guides, dans les sombres rues de la capitale : souvent ils rencontraient des hordes de brigands armés de torches , qui s'approchaient d'eux en poussant de grands

cris et continuaient leur chemin après
avoir échangé le mot d'ordre et s'être
assurés de leur fraternité de crime.
Souvent aussi les affreux hurlemens
des compagnons de la jeune fille lui
annonçaient qu'ils venaient de découvrir quelque infortuné religionnaire,
et qu'ils se préparaient à ajouter un
nouveau forfait aux forfaits de la nuit.
Quelquefois ces malheureux essayaient
d'opposer à leurs assassins une inutile
résistance; ils se réunissaient en petites
troupes et se défendaient avec courage;
mais, au premier signal de leurs adversaires, une innombrable foule de can-
nibales fondaient sur eux de tous les
côtés, et la mort, l'horrible mort les
frappait; ni le sexe, ni l'âge, ni le rang,
ni les vertus, n'arrêtaient ces monstres;
ou si quelqu'un d'entr'eux semblait ac-

cessible à une sorte de pitié, les moines qui les accompagnaient, rendus inexorables par le fanatisme, les excitaient au meurtre en les menaçant du courroux céleste, et le cri : *Dieu le veut !* accompagnait toujours leurs arrêts sanguinaires.

Anaïs ignorait où la conduisait la horde féroce entre les mains de laquelle elle était tombée, mais elle frémissait du sort qui lui était réservé, sans oser sonder la profondeur de l'abîme qui s'ouvrait devant elle. Infortunée ! elle aurait voulu pouvoir partager le destin de son frère.... Les propos de ses persécuteurs lui faisaient craindre qu'on lui en préparât un plus cruel encore ; trop innocente pour comprendre toute l'horreur de sa position, elle entrevoyait pourtant dans les discours de ces scélérats, qu'on n'avait ménagé sa vie que pour lui ravir l'honneur.

« O mon père, s'écriait-elle, mon bon père ! quelles calamités vont flétrir tes derniers jours si tu échappes aux horreurs de cette effroyable nuit !... et peut-être déjà n'existes-tu plus pour apprendre la glorieuse mort d'un de tes enfans et la honte de l'autre !... La fille du noble et vénérable Tully traî- née à la suite des plus vils comme des plus féroces des hommes.... l'infortu- née Anaïs destinée à devenir la proie de ces êtres impurs....et je ne puis mourir de douleur ! O Dieu de clémence et de bonté, arrache-moi de cette position déplorable ou rappelle-moi dans ton sein. Je souffrirai sans murmurer le coup de la mort, mais qu'Anaïs ne soit pas destinée à faire rougir son noble

père , à verser l'opprobre sur ses cheveux blancs. »

Tandis qu'elle se livrait à ses douloureuses réflexions , les brigands dou-
blaient le pas , et la malheureuse fille
crut reconnaître les chemins dans les-
quels on l'entraînait.

« Oui , c'est bien là , dit-elle en elle-
même , le palais du roi de France ; il
traitait hier encore mon père avec tant
de respect , il me témoignait tant de
bienveillance.... voilà la salle du banquet où il m'a fait asseoir à ses côtés ;
plus loin , je reconnais le magnifique
salon où il m'a fait l'honneur de danser
avec moi ; malgré la jalousie des bril-
lantes dames de sa cour.... S'il pouvait
savoir !.... O Dieu , je te remercie de
m'avoir conduit si près de la royale demeure ; j'ose encore me livrer à un

dernier espoir. Si mes cris pouvaient
fixer un instant l'attention du monarque, quand je serais la dernière de
ses sujettes, me laisserait-il massacrer
sous ses yeux !...

« D'ailleurs, mon père le disait encore hier, en dépit des soupçons qui
s'élèvent contre lui, Charles IX n'est
point un méchant homme ; il veut sin-
cèrement le bien de son peuple ; il nous
protégera, il nous défendra. Un roi peut
être féroce, mais il ne saurait être hypo-
crite ; la grandeur peut-elle s'allier à la
duplicité ?.... et Charles nous a donné hier encore le baiser de paix.... »

Elle se trouvait sous les fenêtres du
Louvre ; elle cherchait des yeux un balcon d'un étage inférieur, où, peu de
jours avant, elle avait assisté auprès de
Charles et de toute la famille royale
aux exercices militaires des Suisses de

la garde. Le balcon était occupé, des torches étincelantes y brillaient, et leurs lumières se réfléchissaient sur le poli des armures.

« Ne distinguai-je pas, au milieu des soldats et des courtisans, la taille, le port, la tournure de Charles ? Dieu soit béni ! »

Elle avait involontairement, sans doute, poussé cette exclamation d'une voix qu'entendirent ses guides. Un grand éclat de rire lui répondit.... Les brigands pressèrent le pas ; Anaïs se trouva en face de la royale fenêtre.... Elle se préparait à invoquer les secours du prince qu'elle avait cru reconnaître, quand des coups de feu frappent ses oreilles. Elle frémit et se retourne par un mouvement soudain. Mais quelle terreur nouvelle la saisit ! C'est le roi...

c'est Charles IX lui-même qui dirige l'arme fatale contre ses sujets. Elle entend sa voix; sa voix ordinairement si douce et qu'elle se rappelle parfaitement, cette voix royale, égarée par le fanatisme, s'abaisse jusqu'à encourager les meurtriers.

« Tue, tue ! qu'il n'en reste pas un seul…. Frappez les huguenots ! c'est le roi, c'est Dieu qui l'ordonnent ! »

Telles étaient les paroles du roi, et les courtisans répétaient à l'envi :

« Tue, tue ! frappez ; c'est l'ordre du roi, c'est l'ordre du Ciel. »

Un groupe de protestans, composé de seigneurs qui se croyaient sûrs de l'amitié de Charles, fuyait alors vers la fenêtre royale en combattant contre des assaillans nombreux.

« Sire, Sire, justice, s'écrièrent-ils

I. 7

en élevant les mains vers celui qu'ils regardaient comme leur protecteur naturel.

—Retirez-vous, chiens de huguenots, infâmes hérétiques, répondit le Monarque assassin, d'une voix courroucée.... Frappez, chrétiens, n'épargnez pas les ennemis de votre Dieu et de votre roi. »

Et dirigeant contre eux sa carabine, il la tira en riant d'un rire cruel, et donna ainsi le signal du massacre de ces malheureux. Tous les sabres se levèrent sur leurs têtes; toutes les escopettes furent dirigées contre eux.... Découragés, anéantis, ils opposèrent une faible résistance et tombèrent presque tous, ensanglantés, mourans, sous les yeux mêmes du roi, auquel ils étaient venus demander secours et protection.

A peine quelques-uns eurent-ils le courage de se sauver vers le fleuve qu'ils essayèrent de passer à la nage.

Parmi ces malheureux fugitifs, Anaïs remarqua un vieillard dont les cheveux blancs étaient souillés du sang qui sortait d'une large blessure. L'infortuné s'était jeté dans les ondes, en tournant vers le Ciel un regard où semblait se peindre un pieux reproche.... Un pâle rayon de la lune vint éclairer sa figure vénérable.... Anaïs poussa un grand cri.

« Mon père, mon père, s'écria-t-elle avec effroi, suis-je destinée à te voir périr sous mes yeux ! »

Et elle tomba privée de sentiment entre les bras de ses guides farouches. Quand elle reprit l'usage de ses sens, elle était étendue sur le plancher d'une barque légère , remplie de ses odieux ravisseurs. -

« Eh bien ! jeune fille, lui demanda celui qui paraîssait être le chef de la bande , te trouves-tu mieux ? Tu vois que nous nous rendons à tes vœux ? Tu as , je crois, appelé ton père ce vieil huguenot qui vient de disparaître dans les flots , nous te menons à sa rencontre. Aussi bien tu avais pu t'apercevoir que la protection de ton roi te serait inutile.

—Ami, s'écria un vieux carme à la voix creuse , au visage décharné, respecte la douleur de cette fille....

—Toi de la pitié, père Eustache , s'écrièrent ensemble les assassins , et d'où te vient cette velléité de bonté contraire à ta nature,

— C'est quelque bonne plaisanterie qu'il nous prépare.

— Non, messieurs, non, répondit le carme d'un ton sévère; je ne suis pas, il est vrai, meilleur qu'un autre : je sais commander le meurtre sans frémir quand je le crois utile, mais je ne souffrirai jamais que, devant moi, vous vous fassiez un jeu de tourmenter cette enfant... »

Les brigands murmuraient tout bas quelques mots peu favorables au révérend père, mais l'énergie qu'il avait apportée à défendre Anaïs, les gestes presque menaçans dont il avait accompagné ses paroles, la terreur qu'inspirait sa force physique, le pouvoir de son ordre et le respect superstitieux qu'inspirait son caractère, commandaient à

ces êtres dépravés une sorte de dé-
cence et de tranquillité.

Ils abordèrent bientôt sur la rive
gauche de la Seine.

« C'est ici, messieurs, s'écria le carme,
que le Ciel vous promet une bonne
chasse de protestans. Par le saint patron
de mon ordre, il ne faut pas que le jour
en retrouve un seul de vivant.

— Et j'espère bien aussi faire une
ample moisson d'or, de joyaux et de
cette jolie denrée, ajouta, en montrant
Anaïs éplorée, le chef des brigands.

— Aux armes, compagnies franches !

— Je serais cependant d'avis, compagnons, dit un des hommes de la
troupe, de nous délasser un instant
avant de continuer notre ouvrage. Le
vin doublerait notre courage....

— Il réjouit le cœur de l'homme,

comme dit l'Ecriture, ajouta le carme.

—Entrons donc un instant dans la taverne de la mère Robert, » crièrent à la fois tous les membres de l'honorable société.

Et se dirigeant vers une petite rue qui donnait sur le bord de la rivière, non loin de la vieille porte de Nesle, ils parvinrent auprès d'une espèce de petit cabaret borgne et isolé dont ils heurtèrent violemment la porte.

« Holà, oh ! mère Robert ? ouvrenous donc, sorcière ; vieille messagère de Satan ! ouvre-nous, de par tous les diables, tes frères !

—Qui frappe à cette heure, répondit la voix aigre de l'aubergiste ; passez votre chemin, ivrognes, et ne dérangez pas une pauvre veuve.

— Veuve ! du diable sans doute ?

— Non, camarades, mais de Thomas

Robert, brûlé dernièrement comme sorcier sur la place de Grève.

—Allons, ouvre-nous, la vieille.

—Et qui êtes-vous donc, pour me commander ainsi ?

—Tes bons amis des compagnies franches, la troupe du capitaine Rodriguez.

—Ah ! c'est différent ; pardon, mes bons messieurs. On n'a jamais rien à craindre avec de braves gens. »

En achevant ces mots, elle se disposait à ouvrir à ses nouveaux hôtes la porte de son taudis. Tout en ôtant les vis rouillées de ses volets, elle murmurait entre ses dents :

« Il faut bien leur faire bonne mine à ces chiens maudits, moitié Espagnols, moitié Français, que puisse confondre le Ciel ; ils font de la dépense ; et d'ailleurs, si je refusais de les recevoir, ils seraient capables de détruire ma pauvre chaumière, s'ils ne faisaient pis encore. (La porte céda enfin aux efforts de la vieille et s'ouvrit avec fracas.) Ah ! bonjour, mes bons messieurs, vous êtes toujours les bienvenus dans ma misérable demeure.

— Bonjour, vieille Robert ; allons, bonne mère, des verres et ton meilleur vin. »

Et les francs-archers, en achevant ces mots, s'asseyaient autour d'une vieille table de bois, seul ornement de la grande salle du cabaret, sur des siéges de paille à moitié pourris de vétusté, assez semblables à un vieux château féodal tombant en ruines.

« Allons, mets-toi là, jeune fille, dit brutalement à Anaïs le capitaine. Tu as l'air de ne pas trouver ma proposi-

7··

tion convenable. Il faut pourtant bien
que tu t'accoutumes à nos manières,
car tu les supporteras long-temps. Pardieu, je te regarde, la belle, comme la
meilleure part de mon butin.

—Du butin de la compagnie, s'écrièrent les compagnons de l'Espagnol.

— Paix là, au nom du diable, paix !
je sais ce que j'ai à dire, et malheur à
qui me disputera ce que je croirai devoir me réserver pour ma part de nos
prises. Je ne suis pas comme vous un
misérable sans nom et sans aveu, et je
vous apprendrai ce que vous devez à
un chef honoré de la confiance de deux
têtes royales. »

Nul n'osa répliquer, mais un mur-
mure sourd qu'un long silence suivit,
témoigna le mécontentement de toute
l'assemblée.

Enfin, on se mit à table, le vin circula
et ramena la gaîté. Bientôt la malheureuse Anaïs fut témoin d'une véritable
orgie, où les propos dissolus et féroces
et les chansons bachiques se succé-
daient sans interruption. Elle rougissait
et tremblait tour à tour en entendant
les accès de la cruelle gaîté de ses persécuteurs ; heureuse encore, quand
leurs indécens sarcasmes ne s'adres-
saient pas personnellement à elle, et
quand on lui permettait de se livrer
tout entière aux douloureuses pensées
qui agitaient son âme.

~~~~~~

CHAPITRE XI.

LA FUITE.

———

> C'était un vieillard dont l'air grave et
> triste inspirait une sorte de ter-
> reur...Le malheur s'était imprimé
> sur son front en rides profondes ;
> cependant il avait quelque chose
> de vénérable qui faisait reconnaître
> en lui le caractère sacré du prêtre.
>
> SCHILLER.

APRÈS une longue série de désordres
que notre plume n'essaiera pas de re-
produire , les brigands se préparèrent
à la retraite. La malheureuse Anaïs
allait être de nouveau entraînée à leur
suite.

« Mes frères, dit le pere Eustache, que

ferez-vous de cette jouvencelle au milieu des scènes qui se préparent. Elle ne peut servir qu'à ralentir votre ardeur; n'a-t-elle pas déjà été pour vous, cette nuit, un sujet de discorde? Je crois qu'il ne serait pas inutile de lui chercher un asile sûr pour le temps de vos exploits.

— Prêtre, dit le soldat qui, le premier, avait voulu disputer la jeune fille à son chef, tu me parais porter à cette enfant un plus grand intérêt que ton froc ne le commande.

— Nous ne devons pas la perdre de vue, crièrent à la fois plusieurs hommes à figure atroce...

— Cependant, dit avec l'air du doute un de leurs compagnons, une telle compagne peut devenir embarrassante au milieu de nos saintes expéditions.

— Embarrassante, François, répéta
le premier interlocuteur; n'y a-t-il pas
pour s'en défaire de meilleurs moyens
que de l'abandonner à un moine? »

Et le brigand balançait son épée au
dessus de sa tête d'un air d'indifférence
féroce.

« Taisez - vous ! s'écria le capitaine
d'un ton de voix impératif. Moi seul
ici je dois décider du sort de cette fille...
Tu as raison, père, ajouta-t-il en s'adressant au carme. Mon gentil butin ne saurait être en plus mauvaises mains que
parmi ces coquins... Ecoute; je te la
confie pour deux heures. Tes cheveux
blancs, plus que ton caractère religieux,
m'assurent de ta fidélité. D'ailleurs, tu
me connais, et je t'en rends responsable
sur ta tête. »

La troupe murmura en écoutant cet

ordre, mais le chef, sans paraître s'en apercevoir, donna le signal du départ. La malheureuse Anaïs resta seule avec le vieux moine.

La vierge de Tully tremblait, et cependant elle voyait partir avec une espèce de plaisir le plus affreux de ses persécuteurs. Quoiqu'elle eût été élevée dans la religion protestante et que les préjugés de son éducation lui représentassent un moine catholique comme un être pervers, elle croyait trouver auprès d'un ministre des autels plus de sûreté qu'avec des hommes dépravés par le vice et par les forfaits comme ceux qui venaient de quitter la petite auberge. Elle avait donc repris quelqu'espérance.

Le carme, aussitôt après le départ de ses compagnons, s'était levé avec pré-

caution , paraissant écouter non sans
anxiété, le bruit que faisaient leurs pas
sur les pierres irrégulières qui pavaient
le quai de Nesle. Enfin, lorsqu'il se fut
assuré de leur complet éloignement ,
il s'approcha de la jeune fille avec une
contenance respectueuse.

Quand il fut auprès d'Anaïs, écartant
son capuchon pour laisser voir ses traits
flétris par l'âge et par la douleur, il lui
demanda d'une voix faible et cassée :

« Sans doute , mademoiselle , vous
ne reconnaissez pas le visage défait
d'un malheureux qui vous a vue bien
jeune , qui vous a toujours porté autant d'intérêt qu'il conserve de reconnaissance pour votre illustre famille ? »

Anaïs considéra avec attention ces
traits défigurés , qui renouvelaient
dans son âme quelques souvenirs ef-

facés ; cependant elle ne put se rappeler positivement l'individu qui se présentait devant elle.

— Non, mon bon père, lui dit-elle,
je ne vous reconnais pas.

— Ah ! ma chère demoiselle, si vous
aviez pu lire mon nom sur ma figure,
peut - être auriez-vous éprouvé une
nouvelle crainte : votre famille a nourri
de cruelles préventions contre moi...
Elle m'a fait bien du mal... Cependant
mes parens et moi nous lui devions
tant, que je ne lui en voue pas
moins de reconnaissance... Soyez tranquille, belle Anaïs, vous êtes auprès
d'un de vos plus fidèles serviteurs.

— Votre nom ?...

— Pourquoi le demander ; mes services vous deviendraient peut - être
odieux... Le temps presse... Il ne faut

songer qu'à vous sauver la vie... Suivez-
moi.

— O Dieu de mes pères ! je m'abandonne à vous. »

Le vieux moine entraîna alors la malheureuse fugitive hors de la cabane de
la vieille Robert, et, sans prononcer un
seul mot, il la conduisit hors de Paris
dont il put facilement franchir les limites, à l'aide de son costume sacré.

Après avoir dépassé la porte de
Nesle, les deux fugitifs longèrent en
remontant vers la gauche les murs de
Paris.

« Vous pouvez facilement, mademoiselle, dit le père Eustache, trouver
un asile pour quelques jours dans la
maison de la noble baronne de Mazières, votre parente, dont le château
n'est pas loin d'ici : déjà nous pouvons

en découvrir le sommet, à l'autre ex-
trémité du *pré aux clercs* dans la plaine
d'Issy. Cette dame est catholique et
se trouve à l'abri des coups malheureux qui sont tombés sur le reste de
votre famille.

— Et mon père ?...

— Votre noble père ! hélas ! j'ai vu
incendier son hôtel, j'ai entendu pro-
clamer le prix offert à qui apporterait
sa tête...

— O Dieu !

— C'est en vain que vous voudriez
vous exposer pour le chercher dans ces
momens d'horreurs. S'il a pu échapper à
ses assassins, c'est par la fuite. Ce n'est
qu'à Tully, ce n'est que dans le château
inexpugnable de ses ancêtres que vous
pourrez l'embrasser de nouveau... c'est
là que doivent tendre tous vos vœux...

— Et la baronne de Mazières, cette dame hautaine, voudra-t-elle me recevoir? l'inimitié qui règne entre mon père et elle....

— Pourra-t-elle engager une Tully à livrer la fille de son frère à ses meurtriers?

— Daignez donc, mon bon père, guider mes pas.

— O fille de mon noble maître, croyez que c'est pour moi le plus saint des devoirs, et que je saurai le remplir.»

Comme il achevait ces mots, les hautes tours de l'abbaye Saint-Germain, se dessinant au dessus des arbres, venaient de s'offrir à leur vue. Le tintement sinistre des cloches annonçait que, là aussi le crime veillait pour défendre, au nom du Ciel, les droits des persécuteurs de l'humanité. Nos fugitifs poursuivirent quelque temps leur route en silence, mais tout à coup un bruit confus d'armes et le pas de plusieurs chevaux frappèrent leurs oreilles.

« Nous sommes poursuivis, s'écria le moine, hâtons-nous. Dieu, je reconnais leur chanson de guerre. L'horrible compagnie franche s'approche ; nous sommes perdus. »

Ils arrivaient alors au pied des tourelles de l'abbaye. La démarche de la jeune Anaïs était devenue faible et chancelante. A peine pouvait-elle se traîner en s'appuyant sur son vieux guide, lui-même tremblant et épuisé. Cependant les pas des chevaux s'approchaient; déjà l'on distinguait les voix des compagnons de Rodriguez. Anaïs, frappée de terreur, était prête à tomber sans force et sans vie sur l'herbe déjà humectée par la rosée matinale.

« Je ne vois qu'un moyen de nous sauver de cet imminent danger, s'écria le moine. Il faut nous séparer, jeune fille. Je vais me montrer à Rodriguez, et détourner ses pas, même au péril de ma vie. Pour vous, entrez dans l'escalier même de cette église. C'est le seul endroit que respectera leur rage. Là au moins, là seulement ils ne viendront pas vous chercher. Quand le danger sera moins grand, quand le silence vous apprendra que les *compagnies franches* sont retirées, quittez cette retraite... traversez le *pré aux clercs*; en moins d'un quart d'heure vous parviendrez au château de votre noble parente, qui vous offrira un sûr asile contre tous les dangers. »

Anaïs pleurait ; elle semblait montrer beaucoup de répugnance à quitter son généreux protecteur.

« Ne risquez pas votre vie pour la mienne, lui disait-elle en sanglotant. Hélas ! désormais sans famille et sans appui, à quoi me servirait l'existence ?

— Que je reste en ces lieux ou que j'aille m'offrir à leurs coups, le danger est égal pour moi. Il s'agit seulement de rendre ma mort utile à la fille des Tully. Puisse cet utile dévouement effacer de leur âme la haine qu'ils portent sans doute au malheureux, mais innocent Berthold.

— Berthold !

— Oui, je suis cet infortuné que des apparences trompeuses ont fait regarder comme un vil spoliateur, comme un infâme meurtrier.... Que mes mai-

heurs retombent sur la tête de ceux qui
ont induit en erreur mes généreux
maîtres... La prévention que l'on nour-
rissait contre les catholiques, m'a fait
traiter comme un coupable. Mes larmes mouillent mes paupières à ce souvenir fatal.... Mais le temps presse....
les assassins s'avancent; il faut nous séparer. Permettez , belle Anaïs , que
j'arrose de mes larmes cette main chérie... que j'y trouve l'espoir du pardon
de mes bienfaiteurs. »

En parlant ainsi, le père Eustache,
ou plutôt Berthold , appuya ses lèvres
sur la main d'Anaïs, et, tournant ses regards vers le Ciel comme pour le prier
de protéger l'innocente fille, il s'éloigna
et disparut bientôt au milieu des arbres
qui entourraient le perron de l'abbaye.

Anaïs avait souvent entendu parler

de Berthold. C'était un ancien serviteur
de sa famille qui avait, dans le temps
que la jeune fille était encore en bas
âge, été chassé honteusement de Tully.
On l'avait accusé de plusieurs crimes.
Anaïs savait bien que son nom était
en horreur au château, mais elle ignorait les détails des actions coupables
qu'on lui reprochait. D'ailleurs, dans
ce moment, elle n'était guère capable
de songer à autre chose qu'à ses propres
malheurs. C'était avec un inconcevable
sentiment d'effroi aggravé par de tristes
réflexions sur ses propres dangers et
surtout sur les calamités qui pesaient
sur sa famille, qu'elle montait lente-
ment le petit escalier conduisant aux
tours de Saint-Germain-des-Prés.

Le matin, après avoir été sauvée
presque miraculeusement par la pro-

I.   8

tection d'un jeune moine, elle sortit furtivement de l'abbaye ; et seule, livrée à ses douloureuses pensées, elle parcourut l'espace qui la séparait du château de Mazières. Le soleil venait à peine de dépasser l'horizon quand elle arriva à la porte de cette noble demeure et put invoquer la protection de sa tante.

De son côté le carme, en quittant la jeune Anaïs, s'était offert volontairement à bien d'autres dangers. C'était effectivement la compagnie du redoutable Rodriguez qui s'avançait vers l'abbaye et poursuivait les fugitifs. Il se dirigea droit à elle....

« A mon secours, mes frères, s'écria-t-il, à mon secours !

—Cette voix ne m'est pas inconnue, dit à ses compagnons le chef de la bande espagnole.

—Pardieu ! ajouta Francois Nel, c'est la voix de notre père en Dieu, du révérend carme Eustache.

—Tu rêves, François; ne l'avons nous pas laissé à la taverne de la vieille Robert ? »

Mais le vieux moine, en se présentant précipitamment à eux, vint mettre un terme à la discussion. Il semblait défait et mourant, et paraissait à peine pouvoir se soutenir sur ses jambes débiles.

« Est-ce vous, mes frères, demanda-t-il d'une voix cassée, suis-je parmi les vrais croyans, parmi les défenseurs de la sainte religion du Christ ?

— Ne nous reconnais-tu pas? demanda hautement le capitaine.

—Dieu soit loué ! répondit le carme avec de grandes démonstrations de joie.

—Mais comment te trouves-tu ici ?

8.

Que signifient ces plaintes ? Parle : explique-nous ces mystères.

—De grâce, laissez-moi le temps de
me remettre des souffrances que j'ai
endurées entre les mains des hérétiques.

—Entre les mains des hérétiques !...
Et la jeune fille que je t'ai confiée,
qu'en as-tu fait? demanda Rodriguez
d'une voix terrible.... dis la vérité ou
tremble !...,

—Frappez, mon frère, si vous pouvez me croire indigne de vos bontés
par quelque faute involontaire ; frappez, mais ne m'accusez pas.

—Explique-nous enfin ce que tu es
devenu depuis notre départ.

—Hélas ! des hérétiques en armes
sont venus m'arracher du cabaret où
vous m'aviez laissé ; ils m'ont entraîné

jusqu'ici, et si vous ne fussiez arrivés à temps, j'allais succomber sous leurs coups.... Voyez la blessure qu'ils m'ont faite au moment où les pas de vos chevaux les ont forcés à la retraite. »

Et en parlant ainsi il découvrait son froc et laissait voir une légère blessure à l'épaule gauche.

« Et la jeune fille ?...

— Elle s'est sauvée avec eux.

— Par la mort ! le premier hérétique que je rencontrerai paiera cher le vol de cette jolie enfant !

— Oui, mes frères, vengeons-nous sur les hérétiques de tous les malheurs de notre existence ! »

Et en achevant ces mots, le moine et les brigands dépassaient le portail de l'abbaye Saint-Germain-des-Prés.

~~~~~~

CHAPITRE XII.

LA TANTE CATHOLIQUE.

————

Pour paraître plus grande, et pour tromper les yeux,
On voit sur votre tête une longue coiffure,
Et sur de hauts patins vos pieds à la torture;
En sorte qu'en ôtant ces secours superflus,
Il ne resterait pas un tiers de femme au plus.

REGNARD, *Démocr.*, *act. IV*, *sc. V*.

LE château de Mazières, devant lequel Anaïs de Tully vint réclamer la protection de sa plus proche parente, était situé sur le bord de la Seine dans une position des plus romantiques. C'était un vaste bâtiment, de forme carrée

et d'une architecture très-simple. Sa façade principale qui donnait sur la plaine
d'Issy, était précédée d'une longue
allée d'arbres très-touffus qui formaient
une espèce de berceau couvert, de près
d'un quart de lieue de longueur ; çà
et là, à droite de cette belle avenue,
on remarquait des bouquets de jeunes
arbrisseaux d'une forme élégante ;
toute la gauche bordée par un ruisseau
limpide qui allait se jeter dans la rivière,
était, à distances à peu près égales, dé-
corée de saules dont le vert pâle formait
un agréable contraste avec le feuillage
éclatant des arbres de haute futaie.
Mais cette face n'offrait pas, à beaucoup
près, autant de charmes que le côté
méridional. Dans cette partie, le bâtiment construit sur une côte très-escar-
pée était seulement percé de petites fe-

nêtres inégalement placées et interrom-
pues par de vastes piliers en arcs-bou-
tans , qui s'étendaient en avant du
château et descendaient jusque sur la
grève sablonneuse. De belles touffes
d'arbres entouraient le château qui paraissait ainsi au milieu d'un vaste cadre
de verdure. Vers le milieu de la façade,
une grande arcade en voûte aplatie, suivant l'usage de l'architecture gothique,
donnait entrée sous le bâtiment jusque
dans la principale cour de Mazières.
Cette arcade était fermée par une porte
de fer garnie de gros clous au dehors,
et au dedans de triples barreaux. Mais
ce qui donnait le plus grand charme à
cette habitation rustique, c'était la
beauté des rives de la Seine qui passait
en serpentant sous ses murs. Devant les
fenêtres du château, deux ou trois pe-

tites îles , dépendantes de la propriété
de la baronne, embellissaient encore ce
paysage délicieux, et les groupes de
peupliers élancés qu'elles offraient à
l'œil charmé variaient par mille formes différentes , mais toutes agréa-
bles , la beauté des sites d'alentour.
L'autre rive , surmontée de riches co-
téaux, où les maisons de plaisance des
grands seigneurs se dessinaient majes-
tueusement, terminait la perspective de
la manière la plus pittoresque et offrait
les merveilles réunies de la nature et
des arts.

C'est devant la principale porte de
cette habitation charmante que nous
avons laissé Anaïs , implorant la protection de la noble baronne de Mazières. Un vieux concierge, d'une tenue
assez peu en harmonie avec la richesse

8..

de sa patronne , répondit, en grommelant , aux questions de l'infortunée fugitive; et la laissant seule dans un vestibule
aussi peu soigné et aussi peu proprement
meublé que riche d'architecture et de
sculpture, il alla avertir, de l'arrivée de
mademoiselle de Tully , la maîtresse dé
la maison.

Peu de temps après , une espèce de
femme de charge qui désirait paraître
jeune encore, mais qui n'était pas loin de
la cinquantaine, vint trouver la vierge
protestante et lui dit, après lui avoir
fait trois grandes révérences :

« Est-il vrai , mademoiselle , que
vous soyez la noble Anaïs de Tully ?

— Oui, madame ;

— Madame la baronne m'a chargée de
vous informer, de sa part, qu'elle avait
le plus grand plaisir à vous recevoir

chez elle, malgré les dangers que votre religion bien connue peut lui faire courir, mais que dans ce moment elle ne pouvait vous faire elle-même les honneurs de sa maison, occupée comme elle l'est de ses exercices de religion.

— Que ma noble parente ne dérange pas pour moi ses habitudes : je ne lui en saurai pas moins de gré de m'avoir recueillie dans mon malheur.

— Madame la baronne m'a chargée de vous offrir quelques rafraîchissemens, » ajouta, d'un ton assez froid, la femme de charge. Anaïs refusa, et, sans insister davantage, on la conduisit dans un petit salon où sa tante ne tarda pas à se rendre. La jeune fille fut étonnée en contemplant pour la première fois madame de Mazières. Elle ne retrouvait en elle aucun trait des membres de la fa-

mille de Tully , et ne pouvait se figurer
que l'être chétif qui se trouvait devant
elle appartînt à cette illustre race.

En effet, l'extérieur de la douairière
de Mazières ne prévenait pas en sa faveur. C'était une femme d'environ trois
pieds et demi de haut , dont deux
éminences d'inégale grandeur ornaient
la colonne vertébrale , faisant ainsi de
cette faible portion de son corps une
masse deux fois plus considérable que
le reste de son individu. Son visage
était en tout conformé comme sa taille.
En le contemplant seul , on aurait pu
deviner la forme et la grosseur des bos-
ses qui surchargeaient son dos, tant il
régnait d'harmonie dans sa mince personne. Cependant cette chétive créature cachait sous ses difformités beaucoup de prétentions et les prétentions

les plus disparates; sa figure grotesque
était couverte de rouge; ce qu'elle appelait sa taille était enfermé dans un *cors*
aussi étroit qu'elle pouvait le soutenir;
son cou, perdu dans ses épaules, était en-
touré d'une vaste fraise, ou *collet monté*,
qui dépassait de beaucoup sa tête informe surmontée d'une perruque blonde
à la Féronière : elle marchait avec
gravité, et affectait dans son maintien
une dévote componction, mais en même
temps elle affichait dans ses formes
cérémonieuses et courtoises des prétentions aux belles manières de la cour de
Henri II et du chevaleresque Francois Ier

« Bonjour, belle nièce, dit-elle en
entrant dans le petit salon où l'atten-
dait Anaïs; soyez la bienvenue dans
ma pauvre retraite, quoique les temps

ne soient guère favorables à une pareille visite... Qu'est devenu votre père, mon frère bien-aimé, ce fou mais aimable Tully ?...»

La jeune fille ne répondit que par des sanglots.

« Vous ne dites rien ; lui serait-il arrivé quelque malheur ? cependant vos vêtemens, quoique dans un désordre peu décent, ne sont pas ceux du deuil....

—Hélas ! madame , j'ignore moi-même.... Cette nuit fatale !....

—Dieu miséricordieux ! mon pauvre frère !.... recevoir chez moi la fille d'un proscrit... imprudence malheureuse!... monseigneur saint Michel , madame sainte Geneviève, protégez-moi !...

—Si ma présence est importune à ma noble parente....

— Importune, belle enfant ! pensez-
vous que la baronne de Mazières refuse
jamais l'hospitalité à une Tully ? répondit la vieille douairière qui, malgré
ses terreurs outrées et son avarice,
avait un fond de sentimens généreux.
Mais aussi pourquoi se brouiller avec
la sainte Eglise ? pourquoi faire cause
commune avec des excommuniés ?

— Il a suivi la cause que lui dictait
son cœur, la cause qu'il regardait
comme prescrite par l'honneur et par
le devoir.

— Et sans doute aussi, jeune fille,
il vous a inculqué ses principes détes-
tables ?

— Je me fais gloire, en effet, madame, de partager les sentimens de mon
père.

— *Vade retrò....* loger chez moi une

excommuniée ! une proscrite !... Et si l'on venait l'en arracher pour la conduire à la mort... quelle douleur ! que d'effroi ! Je risquerais mon salut éternel et ma fortune...

— Est-il nécessaire, madame, que l'on connaisse mon séjour en ce lieu?

— Belle nièce, il est écrit : tu ne mentiras point... mais nous arrangerons tout cela... Va, chère petite, ne crains rien... je ne mentirai pas, et ils ne comprendront rien à tout ceci. Mais nous sommes bientôt au milieu de la journée : allons dîner. »

Elle conduisit Anaïs dans une vaste salle où étaient suspendues, pour tapisseries, les armures de ses ancêtres. Une énorme table en bois de chêne occupait la plus grande partie de cette gothique salle à manger. Plus

de cent convives auraient pu, sans être
gênés, s'y asseoir à un banquet nuptial :
trois couverts étaient placés à l'un des
bouts de la table. Madame de Mazières
et Anaïs occupaient deux des places ;
un abbé à l'air grave et composé s'empara de la troisième.

« Quelle est donc cette belle enfant ?
demanda, avec l'air du plus grand intérêt, l'abbé, qui l'avait, depuis une
demi-heure, lorgnée avec une persé-
vérance presque scandaleuse.

— C'est ma nièce, père Gérard, répondit la douairière.

— Votre nièce ! mademoiselle de
Lisois, sans doute ? demanda l'abbé.

— Vous savez que je me hâte toujours de recevoir chez moi mes parens,
et surtout les Lisois, » répondit vivement la baronne, enchantée d'avoir

trouvé un moyen d'insinuer le contraire de la vérité sans dire un mensonge ; car la bonne dame était bien
persuadée qu'elle avait été assez heureuse pour ne pas mentir.

Le dîner fut plus que mesquin ; dans
des plats d'or et d'argent, lourdement
surchargés d'ornemens gothiques, ma-
gnifiques témoignages de la richesse
dont madame de Mazières avait hérité
de ses ancêtres, on servit à peine de
quoi rassasier l'appétit le plus modéré.
Seulement on posa, devant l'abbé, quelques plats faits exprès pour lui ; car ce
pauvre abbé était d'une santé si déli-
cate, qu'il fallait bien pourvoir à sa
guérison : mais tel léger que fût le repas offert à Anaïs, c'était encore trop
pour elle ; à peine prit-elle assez d'a-
limens pour rétablir son corps fatigué.

Quand le soir fut venu, la douairière prit congé de la jeune fille, et chargea l'une de ses femmes de la conduire dans l'appartement qui lui était destiné. Cette femme était déjà avancée en âge ; mais il était facile de juger que les larges sillons creusés sur ses joues et sur son front étaient plutôt le fruit des chagrins et des passions fortes, que de la vieillesse ; du reste, son œil était perçant, sa démarche ferme et non sans une sorte de fierté, et sa taille haute et droite était celle d'une jeune personne, quoique sa figure annonçât au moins un demi-siècle.

Cette femme considéra Anaïs avec beaucoup d'attention et de curiosité : elle avait entendu raconter ses malheurs sans en paraître affectée, et, chaque fois que roulait une larme sur la pau-

pière humide de l'infortunée, elle sou-
riait, et son sourire annonçait à la fois
le mépris et une infernale joie.

« Voilà votre appartement, dit-elle
à la jeune fille, en ouvrant une porte
de chêne massif qui fermait une chambre à coucher plus vaste que toutes
celles de nos jours; il est plein du souvenir de vos aïeux; voyez, suspendus
à la muraille, les portraits des héros
qui l'ont habité avant vous. Là, vous re-
connaîtrez Tully - le - Destructeur qui
portait à son baudrier les chevelures des
Sarrazins qu'il avait tués sur le champ de
bataille, ou assassinés après le combat. A
côté de lui se trouve le chevalier du Pa-
nache-Rouge, son noble fils qui, pendant
son absence, s'empara de ses domaines
et les lui disputa par les armes à son retour. Ce guerrier colossal, couvert de la

peau d'une bête farouche, c'est Tully-
le-Lion, qui s'enorgueillissait de res-
sembler par les traits de son visage
comme par ceux de son âme à l'animal
carnassier dont il avait pris le nom. Vous
voyez, près de lui, Tully-sans-Terre,
surnommé le Beau-Bâtard, l'un de vos
plus illustres ancêtres : c'est par lui que
vous avez l'honneur d'être alliée au
sang des rois.... Plus loin, remarquez
cette vieille femme; ses traits nobles et
altiers annoncent bien que c'est une
Tully : elle présenta un breuvage em-
poisonné à une de ses parentes qui se
nommait, je crois, comme vous, Anaïs,
pour je ne sais quel frivole motif de
jalousie.... Mais je vous importune,
belle damoiselle; je me retire et je vous
laisse avec le souvenir de vos nobles
ancêtres. »

Elle sortit, en effet, en lançant, sur Anaïs, un coup-d'œil où se peignait la certitude d'avoir jeté le trouble dans son âme, et la jouissance cruelle que lui donnait cette conviction.

La jeune fille restée seule n'était pas sans quelque effroi, en songeant aux souvenirs lugubres du lieu qu'elle allait habiter.

« Cette femme, comme dirigée par un malin esprit, n'a-t-elle pas pris à tâche, se demanda-t-elle, de me retracer toutes les taches qui souillent l'antique race dont les Tully sont si fiers de descendre ? Elle a pourtant dit la vérité ; tous les crimes qu'elle vient de me mettre sous les yeux sont, en effet, tirés des annales de ma famille. A quoi nous sert donc cette antique noblesse dont nous avons la folie de nous enorgueillir ?

Serait-ce seulement à connaître mieux les égaremens et les crimes de nos ancêtres, que le vulgaire artisan sans noblesse et sans aïeux ? »

Anaïs se jeta alors sur son lit, et tâcha de réparer, par un repos bienfaisant, ses forces épuisées; mais les malheurs qui, depuis la nuit précédente, s'étaient accumulés sur sa tête, s'offrirent en foule à son esprit, et l'empêchèrent long-temps de clore sa paupière appesantie.

~~~~~~~~~~~~~~~~~~~~~~~~~~~~~~~~~~~~

CHAPITRE XIII.

DÉVOTION. — FAIBLESSE.

Puissé-je, toujours en garde contre
les conseils et les amis, conserver
toujours mon âme dans une situation
tranquille, et n'obéir jamais qu'à la
raison, la meilleure des conseil-
lères !

SOCRATE.

PEU de jours après son arrivée au
château de Mazières, Anaïs de Tully
crut remarquer que la châtelaine avait
presque entièrement changé de manière d'agir avec elle. Souvent la vieille

dame se retirait accompagnée seulement de son confesseur dans son appartement particulier ; et, après ses longs
entretiens avec ce prêtre , elle paraissait ne revoir la jeune fille qu'avec em-
barras, sinon avec malveillance. Anaïs
ne pouvait pas considérer sans chagrin ce changement de mauvais au-
gure ; elle désirait retourner le plus tôt
possible au milieu de sa famille ; l'in-
quiétude où elle était du sort de son
infortuné père, la perte récente de son
jeune frère Jehan , tout enfin lui faisait sentir le besoin de quitter à l'instant même un toit inhospitalier ; elle
s'en était déjà ouverte à sa vieille parente, mais la baronne ne lui avait jamais répondu que vaguement sur ce
point, et ne lui avait offert aucun moyen
de retourner à Tully ; la pauvre Anaïs

I.   9

sentait bien qu'elle ne pourrait pas
entreprendre un tel voyage sans quelque
secours. Elle gémissait en silence ; à
peine voyait-elle sa tante quelques mi-
nutes aux heures du repas ; le confesseur avait abandonné la table de la baronne, et le service, toujours très-fru-
gal, avait encore pris un air de plus
grande parcimonie : la vieille dame se
faisait même souvent servir dans son
appartement, en prétextant une in-
disposition subite, et la triste fugitive,
seule, en proie à ses amères douleurs,
versait des larmes que n'essuyait aucune
main amie. Ragonde, c'est le nom de la
vieille femme de la suite de la baronne,
que nous avons déjà fait connaître à nos
lecteurs, Ragonde paraissait jouir des
chagrins de l'infortunée ; notre héroïne
ne pouvait se rendre compte d'un senti-

ment aussi contre nature, mais le sourire qui apparaissait sur les lèvres de la
vieille suivante, et l'étincelle qui bril-
lait dans ses yeux toutes les fois qu'elle
surprenait une larme sur les paupières
de la pauvre fille ne permettait point
d'en douter. Cette circonstance con-
courait à accroître les peines d'Anaïs;
elle était contrainte de renfermer dans
son cœur jusques à ses plus naturelles
émotions pour ne point offrir un sujet
à la maligne joie d'une ennemie qu'elle
n'avait jamais offensée.

Cependant l'héritière de Tully avait
trouvé dans le lugubre château, où
tant de tourmens étaient venus l'as-
saillir, une espèce de consolation dans
les soins affectueux et la bienveillante
amitié d'une jeune fille, seule personne
de son âge qui se trouvât à Mazières,

9.

et la seule aussi qui eût jeté sur elle
un regard de pitié. Cette aimable créature était à peu près de l'âge d'Anaïs;
elle avait peu d'années de plus qu'elle:
leur taille, leur figure, leur son de
voix même avaient une certaine ana-
logie. On aurait pu les prendre pour
deux sœurs, si Anaïs n'avait eu dans
son port et dans ses manières toute la
dignité des fiers Tully, tandis que Berthilde, élevée dans une condition plus
humble, conservait dans toute sa personne la modestie et la timidité qui
convenaient à son obscur état. Ces deux
jeunes personnes avaient en peu de
jours conçu l'une pour l'autre un attachement aussi vrai et aussi fort qu'il
était involontaire; attachement bien
naturel, car toutes deux avaient besoin d'une amie, et les personnes qui
les entouraient n'avaient ni l'esprit ni

le cœur fait comme le leur. Anaïs portait une reconnaissance vive et sans
bornes au seul être humain qui sem-
blât compâtir à ses douleurs ; Berthilde
trouvait un bonheur généreux à offrir
des consolations à une noble fille, per-
sécutée par toute la terre, et qui, re-
poussée par tous, acceptait avec tant
d'enthousiasme son fragile appui.

Berthilde avait été élevée au château
de Mazières par les soins de la dame
Ragonde, dont elle était, disait-on,
une parente éloignée. Cette femme lui
portait toute l'affection, et avait pour
elle tous les soins d'une mère ; mais
cette affection n'avait rien de démons-
tratif ; ces soins ne s'épanchaient point
en tendres caresses, en témoignages
extérieurs dont le jeune âge a tant besoin, et qui font tout le charme du

printemps de la vie. Les autres habitans du château ne faisaient aucune
attention à une jeune fille sans fortune,
sans parens, sans appui, destinée par
le sort à un avenir de subordination et
de misère. Aussi Berthilde pouvait-elle
se regarder comme tout à fait isolée au
château, et l'amitié d'une illustre damoiselle de haut rang devait-elle flatter son amour-propre en même temps
que les soins généreux qu'elle lui pro-
diguait satisfaisaient le besoin de tendresse et de pitié qui animait son jeune
cœur.

« Je crains bien, disait-elle un soir
à la malheureuse Anaïs, je crains bien,
noble damoiselle, que le séjour de Mazières ne devienne dangereux pour vous.
Vous l'avez sans doute remarqué, après
l'amour de l'or, la dévotion est la grande

passion de notre fière et bizarre maîtresse : plût à Dieu, pourtant, qu'elle
se laissât diriger par son cœur! car,
avec tous ses travers, elle est au fond
bonne et généreuse... Eh bien! j'ai
remarqué... mais, chère damoiselle,
je n'ose porter le trouble dans votre
âme par des remarques inconsidérées,
des soupçons futiles...

— Parle, chère Berthilde, dis-moi
ce que je dois craindre... Je suis pré-
parée à tout. Et qui donc pourrait m'an-
noncer les nouveaux coups dont le sort
me menace, si ma seule amie, ma généreuse amie m'abandonnait!...

— Ne parlez point ainsi, digne maîtresse, vous m'alarmez... Ce n'est
point à supporter les coups du sort
qu'il faut vous préparer, mais à les
détourner, à éviter leur dangereuse

approche. Disposez de moi : ma vie, le peu que je possède, tout est à votre service.

— Et qu'ai-je donc à craindre, Berthilde?... Instruis-moi...

— Je ne puis vous donner des notions exactes sur ce qui se trame, mais je crois être sûre, à n'en pouvoir douter, que l'on vous dresse quelque embûche... Ma tante Ragonde, vous avez pu le remarquer, et j'en gémis, ma tante Ragonde, quoique beaucoup de bonnes qualités me commandent de la respecter, semble avoir conçu contre vous une sorte de haine; elle a pleuré de rage en vous voyant traiter ici avec quelques égards; elle a souri à vos larmes... La dévotion a tant d'empire sur les âmes faibles!.. Eh bien!...

— Continue, Berthilde; pourquoi

interrompre le récit de soupçons qui
ne m'intéressent que trop, hélas!....

— Que vous dirai-je?

— Je t'en supplie, Berthilde, au nom
de l'amitié, ou, s'il le faut, je te l'ordonne.

— Eh bien! ma tante, depuis deux
jours, prononce votre nom avec un ton
de pitié, de satisfaction et de joie qui
me fait frémir.

— Que peut avoir à redouter de cette
femme une descendante des Tully?

— Il n'est pas de petit ennemi, ma
noble maîtresse. D'ailleurs, ce n'est
pas la dame Ragonde que vous devez
redouter; mais ne peut-elle pas avoir
appris?..

— Explique-toi.

— La baronne de Mazières commu-
nie et se confesse tous les jours.... elle

9..

ne sort plus de l'église, son confesseur
et elle prennent un air mystérieux...
Enfin, il est évident que l'abbé Gérard
sait qui vous êtes, et, en voyant l'orgueil
avec lequel il se rengorge dans son rabat
de dentelle d'Angleterre, on peut juger
qu'il se prépare à user sans ménagement
de votre secret.

— Un ministre du Seigneur, se pour-
rait-il !

— Vous n'avez pas vu, comme moi,
les couvens de Paris déchaînés venir
dans notre plaine passer la revue de
leurs milices bénites : les Carmes, les
Cordeliers, les Augustins. Les frocs
noirs et blancs, gris et bruns, re-
couverts par des cuirasses rouillées, les
escopettes appuyées sur des épaules mo-
nacales, et les canons de la Bastille
traînés par les frères mendians. Quel

affreux spectacle, ma noble maîtresse !
que de ridicule ! que d'atrocité ! Allez,
quand on a vu de pareilles scènes et
que l'on connaît le fanatisme et l'hypo-
crisie de notre abbé, on peut trem-
bler....

— Et ma tante ?

— Etre pusillanime, qui n'appartient
plus à ce monde que par ses faiblesses ;
un prêtre est pour elle un envoyé direct
du Ciel : il ne peut faillir, il ne peut er-
rer. Elle l'adore et l'admire. Si l'abbé
vous a proscrite, vous ne sauriez trouver de secours en elle, fussiez-vous son
père.

— Se peut-il ?

— Hélas ! j'ai eu le temps d'apprendre à les connaître ! »

Cette conversation jeta Anaïs dans
les plus sombres réflexions. Berthilde

l'engagea alors à prendre quelque repos, et se mit en devoir de l'aider à se
déshabiller. Au même moment parut
la dame Ragonde : sa figure était plus
sévère, son sourire sardonique plus sinistre que de coutume.

« Que faites-vous ici, petite fille ?
s'écria-t-elle en s'adressant à sa parente.
Pourquoi vous mêlez-vous de mes fonctions, de ce devoir que je m'empresse
toujours de remplir avec zèle? Pourquoi
ne laissez-vous pas la comtesse de Tully
à ses nobles pensées?

—Pourquoi, dame Ragonde, demanda
Anaïs, m'enviez-vous les services d'une
aimable fille à qui je voue l'affection
d'une sœur?

— D'une sœur, damoiselle !... une
sœur qui remplit près de sa sœur des
fonctions serviles ! répondit la vieille

avec amertume. D'ailleurs, ajouta-
t-elle, peut-être ne doit-elle pas beaucoup le regretter ce titre de votre sœur,
ce rang d'égale ; il est possible que, sous
peu de temps, personne ne soit tenté
d'envier le sort des orgueilleux Tully.»

Anaïs trembla malgré elle à ce sinistre propos. La messagère de malheur
continua d'un ton froid, avec toute
l'apparence d'un calme respectueux :

« Noble Anaïs, madame la baronne
vous attend dans son cabinet.

— Que me veut-elle? De grâce....

— Suivez-moi : vous le saurez bientôt, répondit sèchement Ragonde. Il
paraît, murmura-t-elle entre ses dents,
que la fierté de ses aïeux s'est bien ra-
valée, pour montrer tant d'effroi d'une
conversation avec une dame vieille et
infirme, une parente. »

Anaïs rougit en entendant cette ré-
flexion humiliante ; rajustant alors à
la hâte sa toilette un peu en désordre,
elle suivit dame Ragonde avec un air
de dignité jusque dans le cabinet de
madame de Mazières.

La douairière salua sa nièce avec un
air agité. Elle semblait tourmentée par
les sentimens les plus opposés. On eût
dit par instant qu'elle désirait sauter au
cou de la jeune fille et l'embrasser avec
l'effusion de cœur d'une bonne parente;
l'instant d'après, reprenant un ton plus
que sévère qu'elle aurait bien désiré
rendre majestueux, elle toussait et
préludait par une espèce de grogne-
ment sourd au long discours qu'elle
se préparait à prononcer.

« Belle nièce, dit-elle enfin, non
sans avoir fait le signe de la croix pour

appeler la bénédiction du Ciel sur ses paroles, je vois en vous la fille de mon frère et l'un des plus jeunes rejetons de ma famille. Je sais ce que je vous dois à ce titre, et je compte remplir tous mes devoirs. J'ai déjà, vous le savez, cherché à sauver votre corps de la proscription et du meurtre, qui peut-être a frappé votre père... » En parlant ainsi, les yeux de la dame se mouillaient de larmes ; elle oubliait le discours qu'elle avait préparé, et la tendresse qu'elle conservait à sa famille l'emportait dans son âme sur les intérêts du Ciel.

« Chère tante, répondit Anaïs attendrie, je sais ce que je vous dois. Ma mère, mon père aussi, je l'espère, vous bénissent ! Hélas ! ajouta-t-elle en sanglotant, Jehan ne sera pas là pour joindre ses remerciemens aux nôtres.

— Assez, assez, enfant, répondit
madame de Mazières, nos larmes ne
serviront de rien... Il s'agit aujourd'hui
pour vous d'intérêts plus graves, ajouta-
t-elle en tâchant de prendre un ton
solennel. Asseyez-vous là, et parlons
du salut de votre âme. »

FIN DU PREMIER VOLUME.